散文
中國

散文中国

故乡的杯盏

董竹林 著

天津出版传媒集团

天津人民出版社

图书在版编目(CIP)数据

　　故乡的杯盏 / 董竹林著. -- 天津：天津人民出版
社, 2016.1
　　(散文中国)
　　ISBN 978-7-201-10002-9

　　Ⅰ.①故… Ⅱ.①董… Ⅲ.①散文集-中国-当代
Ⅳ.①I267

　　中国版本图书馆 CIP 数据核字(2015)第 288142 号

故乡的杯盏

GUXIANG　　DE　　BEIZHAN

出　　　版	天津人民出版社
出 版 人	黄沛
地　　　址	天津市和平区西康路 35 号康岳大厦
邮政编码	300051
邮购电话	(022)23332469
网　　　址	http://www.tjrmcbs.com
电子信箱	tjrmcbs@126.com
责任编辑	伍绍东
特约编辑	韩贵骐
装帧设计	汤　磊
插图绘画	帅圣生
制版印刷	高教社(天津)印务有限公司印刷
经　　　销	新华书店
开　　　本	710×1000 毫米　1/16
印　　　张	12.5
插　　　页	2 插页
字　　　数	190 千字
版次印次	2016 年 1 月第 1 版　2016 年 1 月第 1 次印刷
定　　　价	29.00

淡雅文笔，纯真情怀（代序）

李国文/文

好的散文，以情真意切见长。

人们通常都将"真、善、美"三个字连在一起，因为这是做人、做事、做文章者努力追求达到的一种高尚境界。凡真，必善；凡真，必美。真，总是排在第一位的。

人至真，则可信。事至真，则可靠。而文至真，则必可心。情真意切的文章，直通心弦，即使浅拨轻挑，也容易引起和鸣。黄钟大吕，激昂慷慨，鲲鹏展翅，一飞千里，所产生出来的震撼效果，那是不必说的了，"大作品"有大作品的宏大，"百万言"有百万言的壮观。但小有小的轻巧，短有短的优势。小桥流水，慢吟低唱，又何尝不美呢？春雨润物，露滴无声，又何尝不雅呢？那种"曲终人不见，江上数峰青"的隽永余韵，一唱三叠，又何尝不是令人黯然心醉、梦里销魂的审美享受呢？所以，小品、绝句，数百字；散文、随笔，上千字，悉皆篇幅不大，玲珑剔透，有她自己小而独秀、短而耐品的磁吸魅力。

中国是个散文大国，从古至今，好的散文，成千上万，一部《古文观止》，有多少经典散文啊，特别是那些情真意切的篇章，打动读者心灵的同时，也滋养着读者的精神世界。敢说中国识字的人当中，有谁不曾捧读过这部传统读物呢？所以，我虽不大会写散文，但我很愿意读散文。

继合先生是我的"忘年交"，也是我写文史随笔的"同道"。他知道，我对于真的散文，有着强烈的兴趣，遂推荐了他的好朋友——董竹林先生，并让我读了竹林兄即将出版的作品集《隔岸水飘香》。

竹林先生，我不认识，但读了他的散文，我觉得，我对这位未曾谋面的朋友，有了一点了解。因为他的散文，让我读得陶醉，陶醉于那炊烟袅绕，亲朋依旧，古屋斜阳，牛羊踟蹰的满纸乡愁；因为他的文字，让我读得投入，投入于曲径通幽，山林景色，乡关连绵，村落风情的乡土气息。看来，并非专业作家的董竹林，却写出来不弱于专业作家的美文。而且，在他笔下流淌出来的潺潺细流，都是些平常不过的民间见闻，都是些家长里短的点滴心得，都是些仨瓜俩枣的陈年往事，都是些山高水远的闲言碎语。虽然，大舞台演大戏，小舞台演小戏，但是，戏不以舞台大小分高低，好看即可，中意即行，能抓住观众的眼睛为第一。

由此，我能判断他对于故乡的依恋，对于亲人的怀念，对于往事的珍惜，对于大自然所怀抱的那一颗赤子之心。他是一个热爱生活、热爱家乡的人，也是一个竭力想将自己的所思所想、所见所闻，本色本真、原汁原味地抒发出来的人。

于是，我读到他笔下的父老乡亲的辛酸、左邻右舍的际遇、灾祸年景的艰难、穷年困月的煎熬；同样，我还读到他文字中对于环境破坏的思考，对于世态炎凉的批判，对于精神物质的认识，对于民风民俗的想法，等等等等，没有夸张，没有玄虚，生活是什么样子，就写成什么样子，没有粉饰，没有高调，事实就是如此这般，文章也就如此这般。态度是诚挚的，心情是直率的，语言是质朴的，想法是单纯的，他就是想让读者知道他，知道他的家，知道他的家乡，知道他们家乡的山和水，知道他的那些生于斯、食于斯、劳作于斯的父老乡亲、兄弟姐妹。

我认为，董竹林的努力没有白费，至少，在我读了他这些真的散文以后，对于他优美笔墨下的那片乡土，很憧憬，很渴慕，很想脚踏实地去体味一番，很想领略在城市中永远也休想得到的大自然之美，一份实实在在的美。

希望竹林兄沿着他自己这条文学之路走下去。这世上本来没有路，走的人多了就成了路，同样，这世上本来没有路，你走过去了，那也就成了路。如果，前者为路，后者不也是路吗？

我记得，他在文章里描写过他们家的老宅子，先有前人种下的桃树，后有他家前辈种下的泡桐，桃花开的时候，桐花也开。桃花有桃花的美艳,桐花有桐花的靓丽,两者有相似之处,但又以各自拥有的风姿,毫不示弱地展现自己,迎接春天的到来。

这是什么意思呢?在做文章的这种领域里,也是应该这样走出自己的路。"文无定法,法无一尊"这八个字,可是绝对真理。只有自己觉得好,那开出来的花,结出来的果,必然有她自成一格的美。也许,美得不那么轰轰烈烈;也许,美得不那么惊天动地,然而,美得真实,美得朴素,美得淡雅,美得亲切,也就足够足够了。

读完这部《散文中国·故乡的杯盏》,我期待着竹林兄更多的新作。

2014 年元月 11 日于北京

目 录

第一辑

土味蕾

绿水池（李自岐　摄影）

驴肉香肠

一

香肠也是一种很古老的食品。北魏学者贾思勰的《齐民要术》一书即专有一篇"灌肠法",详细记载了香肠的制作过程及配料方法。几乎每个民族和地区都有属于自己的香肠和制作方式,如闽南的广式香肠、蜀地的川味香肠、北京的蒜肠(淀粉肉和大蒜灌的)、黄海边上的青岛的啤酒肠、火腿肠等;除此之外各地还有不同的血肠,如东北的血肠(猪血)、青海的血肠(羊血)、哈尔滨红肠(俄式风味);在国外也有品种繁多的香肠,德国的每一个地方都有其可以引以为豪的香肠品种。

但是,用驴肉作为主要灌肠原料的,却不能不说是故乡香肠的一大特色。我国有句俗语:"天上龙肉,地上驴肉。"这就足以说明驴肉香肠的好吃程度。在华夏人心目中,龙的臆想成分居多,虽作为一种神物,但难觅其宗,即使真的腾跃于天空,人们恐怕会惊愕甚至恐惧,更不敢对之操刀屠戮了;驴却是活生生的四蹄大动物,地球上只要有人居住之地,就应该能够看到它的影踪。对驴肉的美味,也应该是世人皆知的了。这种香肠有着栗子色的肠皮,光亮透明,油而不腻,风味清香,一看就让人垂涎欲滴。故乡人爱吃,外地人,就连外国人,看到了也爱吃。吃到驴肉香肠的人们,往往越吃越有滋味,越吃越想吃。

二

故乡的驴肉香肠,相传与清朝末年山西东南一带发生的蝗灾和旱灾有关。当时灾区的百姓为求生路,纷纷背井离乡,四处逃荒。在逃荒的

人群里，有一位山西潞安府饭店掌灶的大师傅，会一手卤肉、灌肠的好手艺，在家乡却没有了糊口养家的用场。这位师傅随着逃荒的人，于某一天走到了冀南永年县的临洺关。也许是上天爱惜他的手艺，临洺关北的东街口，正好就有一家驴肉铺，因为掌柜的制作技术不佳，买卖一直不好，该人了解情况后，就来到驴肉铺，与这家掌柜攀谈，表示愿意传授技术。掌柜一番思忖，决定将该人留下来。一方出材料和场地，一方施展技术和手艺。自此，永年驴肉香肠香飘远近，成为冀南一带自产美味之一。

驴肉香肠最初的制作方法是：先把驴肠洗净晾干，用肉汤调好粉芡，再把熟的驴肋肉剁成肉末和粉芡调匀，加上花椒、茴香、砂仁、豆蔻、桂皮、姜丝等，用白油调拌，灌肠后，再煮两小时即成。后来，他们的经验越来越丰富，不断改进技艺，再加上食材选料的精当，并绿豆粉芡、大名府小磨香油、多味名贵佐料、熬制成糊状的驴肉老汤，一并灌入驴肠衣内，扎成小捆，经高温蒸煮灭菌，最后用桃木熏制而成。

如今，故乡一带的多数香肠都沿用这种做法，正宗且名气最大的当属永年"洺关"香肠，沙河市"金褡裢""歪嘴香肠"等。还有不少驴肉香肠没有自己的牌子，就直接称呼为驴肉香肠。

三

尽管包含了百分之五十的生姜、粉芡、香油和其他调料，但在百姓心目中，驴肉香肠可是净肉块子啊！故乡冀南一带不属于富庶之地、安乐之乡，更多的却是频繁的战火和干旱洪涝。在清水下锅瓜代菜、绝大多数人吃饱肚子都成问题的年月，老百姓偶尔看到香肠的油光鲜亮，尽管垂涎欲滴，却很难吃得上口。

农耕时代，骡马驴牛是重要的生产力，除了老死和病死的牲口，是没有更多可以用作香肠的驴肉的。从志书上看到，在近百年历史中，冀南一带不是战乱就是灾荒，人们很难过上安定的生活。香肠也只是那些挣钱的商人和富户人家才吃得起。对于穷苦百姓，甭管什么肉都很难吃

上,恐怕连香肠这个名字都不知道。只有人们的生活得以温饱,尝尝肉香不再是太大的奢望,更多的故乡人才听说并知道和吃到了香肠;也只有到了吃什么喝什么可以由着自己的喜好之后,驴肉香肠才真正出现在了百姓的餐桌上;也只有吃不再仅仅为了嘴的时候,驴肉香肠才真正成了冀南城乡一道颇具特色的大众菜。

<h2 style="text-align:center">四</h2>

说起来,驴肉香肠的本性有些固执、守旧。它过分依赖于手工艺,排斥现代技术,从而导致了生产量少,更不宜于流水线制作。

因此,冀南的驴肉香肠制作仍旧保持着传统的技术,少有改进和创新的成分。配方、灌装、高温蒸煮灭菌、果木熏制,每一道程序都墨守成规。尽管现在驴肉的来源广了,但是想要大批量地生产,往往难以成为现实。

用驴肠作为肠衣,可以保持驴肉的原味不变,这也是冀南驴肉香肠有别于其他香肠的主要特色。装肠也是技术活儿,你要装得不多不少,煮出来才滚瓜溜圆。这个技术无法用语言和文字表述,只能靠在熟练的过程中掌握。然而,再熟练的手,也难以达到每个肠子都装得不多不少。所以,在煮肠的过程中,师傅要盯紧锅里的每一盘肠子,哪个鼓气了,得赶紧用装了细针尖的长棍捅、扎放气,否则鼓破后就成了一锅肉汤。就这一个环节,再精良的设备也难以准确操作。另外,火候也很要紧,原先都是烧灶火,现在是煤火,火候相对容易调节些。火候的大小,全靠经验和感觉。火大了,很容易将肠子煮崩,成了一锅肉粥;火小了,肠子里的水分跑得多,煮出锅的肠子瘪硬。如何掌握,恐怕就是对自己家人也很难说清楚。

至于用古有"阳刚之木,五木之精"美誉、有点淡甜味的桃木熏烤,更得需要师傅亲自点火加柴。炉窑用砖块垒砌起来,并粘泥抹衬炉膛。这种炉窑封闭性强,火力不会外溢,外风也进不来。整个熏烤过程中,只有泥土和桃木,煨伴着肉香和芝麻油香,随着温度,驴肉慢慢由生变熟,

香味也穿破肠衣,慢慢飘出。

直到肠衣慢慢由淡红色变成了栗子壳般的红艳,馨香便糅和着天然的清香,从灶膛里阵阵飘溢。其实,熏烤还有一个重要作用,就是能够让香肠保存更长的时间。但常温下顶多也就十天半个月,还不能是炎热的夏季。如今虽有了冰箱,但它又拒绝冷冻。有人曾经尝试使用真空塑料肠衣以延长保质期,这种方法延长的只是保存期,却保存不了驴肉香肠的"原汁原味"。

至于这种香肠的具体配料和熏烤方式,可谓家传秘方,掌握者一般不会轻易示人。多年前,家传秘方连女儿也要保密,生怕传给外人抢了自家的买卖。对一个企业来说,那就是商业秘密,泄露出去还要负法律责任。我有一个舅舅就是做驴肉香肠的,我问了很多次,直到他去世都没说清楚。他只是说,从配料到成品的过程,虽然做法上没有大的差别,但在每个道儿的把握上,是有讲究的。他曾经颇显近乎地告诉我:祖上传下来的配料方子,就是在一个斗盆里面,剁碎的生驴肉、生姜、绿豆粉芡、香油和佐料多少,那是"死打死刻"。哪一样都不多不少,略微一搁,味道就会走样。我听了,却还是不得要领。

食品入口,性命关天,是天底下最大的事。再好的手艺也是手艺,主要看人的品质和良心。我走访过赞善村的一位制作驴肉香肠的老手艺人,他给我讲了一个香肠煮熟出锅后风晾的细节。过去做香肠的人都会在院子里搭一个能够通风的凉棚,没有雨雪的天气就在里面晾热烫的肠子。香肠在晾的时候万万不能着了露水。只要是露水打过的香肠,人一吃保准闹肚子。做香肠大都在夜间,为的是赶在早晨卖出。

香肠制作必须经过装、煮、凉、熏四个过程。冬天的霜露,可能随着一股寒流就会落下。锅里的香肠还在煮着,晾在棚子里的香肠就会着了露水。有时并不明显,只是表面有淡淡的白痕,主人就会收拾起来丢在垃圾筐里。尽管心疼,还得自己挨。一年四季,他在做香肠的过程中,每一个环节都做得可丁可卯,没有节气上的差别,只是做的数量多少上的变化。他说,干什么都不能钻到钱眼子里,不能自己砸自己的招牌,更不

能坏了良心。

坚守和良心，使得故乡冀南的驴肉香肠虽短，却清香悠长。

五

非常有趣的是，人们的味蕾并不一直正确，对品牌认知的心理因素，往往胜过灵敏的嗅觉。

在临洺关，政府街西头路南的国营饭店大楼，是做驴肉香肠最早的地方，路北是春风旅馆，也卖香肠，而且这两家都是县副食品公司所属。人们味蕾的记忆，却十分固执地记住了国营饭店大楼。同样的香肠，在国营饭店大楼人们挤着买；而在对面的春风旅馆，却少有人过问。国营饭店大楼仿佛成了正宗永年驴肉香肠的符号和代名词。

沙河赞善村的"咧嘴香肠"，也有着相同的经历。同样的香肠，就因为做的和卖的人不同，吃的人就会有截然不同的感觉。"咧嘴香肠"源自该村一个咧嘴汉子。因为小时候烧伤了脸，形成的疤痢让他的嘴唇走了样儿，所以村里人叫他老咧的。他家的香肠，兴起于改革开放初年，从20世纪90年代初开始成名，一直兴旺到今天。这门手艺，是老咧的父亲从永年学来的，带着自己三个小子和儿媳干。排行老二的老咧的，则主要负责到外面去卖自家做的香肠。人们也正是循着老咧的卖香肠的身影，买到并品尝到了他家的香肠，进而将他本人和他家的香肠合二为一。

味蕾也会欺骗主人，在此，又一次得到了验证。沙河西部丘陵重镇綦村，当年国有綦村铁矿正红火，矿区流动人口多，镇子庙会上很热闹，自然，也是咧嘴香肠的好卖处。老咧的弟兄三个，为了多卖，就多摆个摊位。然而，不少人还是愿意到老咧的摊位上买。有一位俊俏的矿工新媳妇，好像是来到矿上时间不长，一过来就听自己的男人说起咧嘴香肠如何如何好吃，镇上庙会时，她不等男人下班就早早来到街上，一听有人叫卖咧嘴香肠就买。吃过，其实也不知道是不是货真价实的咧嘴香肠的味道。男人下班，又一块儿到庙会上转。男人一看到老咧的，就问是不是

在这家买的。媳妇说不是,男人就怀疑原先买的不真,说这是真的。再买,吃到嘴里,媳妇直说比先前那家好吃,还笑骂原先的那家骗人。殊不知,她吃的是一样的香肠,只是卖的人是老咧的兄弟而不是他本人。

是啊,过去贫穷的岁月里,果腹都难,人们的味蕾不敢挑剔;改革开放初期,刚刚能够吃饱的时候,味蕾也有几分无所适从,还顾不上挑剔;但到了奔小康的今天,已经显得有些疲倦的味蕾开始挑剔。不仅味蕾,所有的内脏器官,也开始对油腻的东西发起了脾气。于是,清香、自然、原生的驴肉香肠,才逐渐受到了人们的青睐和钟爱。

香豆腐

吃大锅菜,是故乡的传统习俗。大锅菜里,肉可以没有,但豆腐却少不了,没有豆腐,就难称乡间的美味了。因此,在冀南故乡,很早就出现了"没有豆腐不成年,没有豆腐不成菜"的说法。

故乡位于南太行山东麓,在漫长的农耕时代,春秋少雨,素有"十年九旱"之称。这里闻不到稻花香,难见滚滚麦浪泛金黄。是土地的仁厚,给辛劳的农民以粮食的回报。西汉淮南王刘安发明了豆腐,这种以豆子为原料制作出来的大众食品,经过赤日下的颠簸煎熬,迈着艰辛的步履来到太行,竟像胡杨树般在故乡扎根了,并在岁月的长河里、在芸芸众生间悠悠飘香。

据说在淮河中游地区,老百姓每日的餐桌上,豆腐不可或缺。在冀南老家,虽然也曾兵火不断,难得太平,但过年过节了,很多人家都割不起肉,有块豆腐下锅,也算吃到了好东西。豆腐,既是粗粮细作的产物,也是百姓饭桌上的珍品。

老家做菜时,豆腐的切块大。即使怕豆腐放得时间长了,让霉菌给弄坏了,顶多用油炸一炸,给豆腐表面加层油。或把豆腐放在盐水罐子里,用最传统的办法,让豆腐不变质。故乡少有人做"臭豆腐",即使吃起来再香,也不愿意让一个"臭"字亵渎了豆腐固有的馨香。

"二十五做豆腐",这个年俗,在故乡代代相传。这一天,是很多共同生活在一个屋檐下、一条街巷、一个村庄的人,一年当中唯一一次一起做豆腐的时候。用钢磨磨豆浆是近几十年才有的,过去都是用石磨磨。大户人家,有成缸满袋的豆子,又有牲口拉磨。小户人家,谁家也没有成瓦缸的豆子存着,便几家凑凑,合起来做一撮子豆腐。你一升,我一碗,

即便只有一捧豆子拿来，也没人嫌少，最后保准会有一块儿豆腐过年。将豆子放在缸里或桶里用水泡上一夜，泡透了，就搁到石磨上磨浆。磨大些的，用人推，孩子们也能在磨杆前加把劲；磨小些的，就由家长们轮流着用手拐了。

做豆腐的场所，可以是一户人家的灶火房，也可以是牲口棚的储料间。两扇磨有直接安在磨盘上的，有架在一口大锅或大缸口沿上的。上下两扇磨盘，上动下静，如天地般叠合在一起。切合着两扇磨面，其凸起的纹路阴阳相对，终生相依，不舍不弃。那扇运动的磨盘，围绕着磨脐。在故乡大地上，一年又一年，一代又一代，在一辈又一辈庄稼人的手下，不停地旋转。一圈一圈，似星斗在转、日月在转，仿佛轮回。转动的磨盘，磨出了无数个家庭对幸福生活的期盼，也磨出了元代诗人谢应芳写的"工夫磨得天机熟，粗滓襄倾雪汁香"这样的优美诗句。

豆子磨成浆后，他们用布单把里面的豆渣滤干净，便点燃柴火煮浆了。点卤水需要谨慎，一般都是找村里经验多的人过来帮忙。找来的人，用勺子盛了卤水，在翻滚的浆锅里顺转几圈、倒转几圈，目不转睛，大气不出地盯着锅里的变化。明代诗人苏平在《咏豆腐》里写道："百沸汤中滚雪花。"到了这时候，点卤水的才敢把勺子丢掉，长舒一口气。

一茬一茬的孩子们，喝着大人递过来的豆腐脑，感觉热乎、柔软、香甜。这时，灶膛里火苗、马灯，甚或橘黄的电灯光，映照着乡邻们的脸庞。锅里的热气像淡淡的青雾，将光影人声氤氲起来，使得眼前的场景格外温暖。

斗转星移，豆腐在故乡人心目中的地位没有改变。这一古老的食用珍品，在中国大地上仍保留着淳朴、古老的韵味。

正月的柏枝

故乡冀南一带,至今仍然流行着正月十六"烤杂病"的习俗。过去叫做"烤柏灵火",它能祛病驱邪,给人们带来春天的温暖和健康快乐的生活。

这一天,恰是农历新年后第一次月圆,也占据了年节的尾曲。家家户户吃罢晚饭,都在自家门前点起一堆火。燃烧物多是自家的草墩子、破筐子、旧笤帚、烂家什。过去,必不可少的是柏树枝。现在,柏树少了,用柏树枝的也不多,代之以芝麻花柴等秫秸,但还是习惯叫"柏灵火"。无论用什么燃烧,其寓意为辞旧迎新。火堆燃得越旺,寓意今年的日子也就过得越好。

人们相信燃烧柏树枝有祛百病、驱百邪的"功效"。柏树,自古被视为长生与不朽的象征,蕴意也极为丰富。燃烧柏树枝除祛病迎新外,烤火还有祈求人丁兴旺的含义在内。老人围着越烧越旺的火堆,总会对着新媳妇说:"烧个墩儿养个孙儿,烧个筐儿养个妮儿。"如果儿媳妇怀孕,老婆婆一定会怀着自己的心愿,在火堆里烧想烧的东西。烤火时,大人小孩要在火堆上跨越,全家人互相祝愿长寿百岁。孩子们更会高唱:"前烤烤,后烤烤,身上百病都烤掉。前烤烤,后烤烤,绊倒拾个大元宝。"

"百里不同风,千里不同俗。"据《汉书·王吉传》记载,这段民俗可以追溯到女娲时代。当年,女娲在凤凰山——河北涉县境内,炼石补天,炼石之火烧起来,熊熊火焰照亮漳河两岸。又说点火炼石始于正月十六,之后,这天晚上,周边的百姓便家家都在自己大门口点火纪念,后来演化为"烤杂病"。

在中国古代神话中,的确就有女娲在天台山顶炼五色石补天的故

事。太行山绵亘八百里，连接幽燕与中原，并黄河与塞北，峰峦层叠。《淮南子》称太行山为五行山，《隋书》称之为母山，《太平寰宇记》称皇母山、女娲山等。这就足以证明，女娲与太行山的密切关系，而冀南地区就依偎在南太行山的怀抱。今天的涉县凤凰山上，保留着始建于北齐的专为祭祀女娲而修建的娲皇宫，迄今已有 1400 年的历史。显然，正月十六那一簇簇燃起的火焰，蕴含着人们对女娲抟土造人、送子继嗣、"炼五色石以补苍天"的纪念之情。

关于正月十六在门前燃柏枝的风俗，古代确有记载。南朝梁代宗懔《荆楚岁时记》记载道："今正腊旦，门前作烟火、桃神、绞索松柏、杀鸡著门户逐疫，礼也。"燃烧柏枝，也就是人们所说的"柏灵火"，是因为柏树固有的特质。古人称赞柏树说："经冬而不凋，蒙霜不变，麝食柏而香，皆为天齐长。"认为柏树为神异之木，其香可以祛邪秽、疗百病。这又让人想起了这一带过年时的另一个习俗，年前要将家里已经过世的家亲，都请回来一起团团圆圆过春节。等过完了元宵节，也就是正月十六一大早，便要把这些家亲送回他们原来的地方。

与太行山接近的山东、河南交界的农村和冀中地区石家庄、保定一带，至今也仍然延续着正月十六"烤柏灵枝火"的习俗。河北东光有"走百遍"、祛百病之说；井陉县有"转黄河"习俗。都是在这一天，表达对祛病的期望，对健康生活的祈盼和追求。

正月十六"烤杂病"，真可谓是新年里乡村百姓的狂欢。是时，鞭炮和焰火伴随着迷漫的烟雾、浓重的柏香、爽朗的欢笑声，一时间暖热了料峭春寒。老人们还会在火堆上放一捆谷草或芝麻秸，祈望五谷丰登的好年景。那一笼笼熊熊燃烧的火堆，寄托的是寻常百姓渴求神灵与自然保佑的美好愿望。随着遍山野的火焰，春天也姗姗来到，新一轮的岁月再次展开它在大地和人身上的无尽旅程……

大锅菜故事

我有一个远房表哥，名叫史小群，年届七十。表哥自打 1966 年到县食品站上班，直到退休，再到如今，从没有离开过灶台，可以说是个地地道道的厨子。表哥虽然做了大半辈子饭，但他做得最多的就是大锅菜。从上班第一天起，就是跟着师父做大锅菜，再之后自个掌勺做大锅菜。他做的大锅菜很地道，不仅让人闻着香，吃起来更香。

我妗子的丧葬事儿，就是由这位表哥掌灶。那次，我亲眼看到了表哥是如何做大锅菜的。那天阴沉沉的，还时紧时慢地飘着小雪。灶台就垒在院子里，跟前的案板上堆放着做大锅菜的材料，有切成薄片的五花猪肉、切碎的大白菜；地上的一个大瓷盆里泡着煮烂糊的海带切成了条；旁边的一个铁筛子里放满了切成小长方块儿的卤水豆腐；另外还准备了成捆的红薯芡粉条、满盆儿的花生油、整袋儿的生面酱，外加葱花、花椒、茴香、蒜瓣和生姜片。

表哥先将头号大铁锅放到灶火上。本村的一个老汉蹲在地上，先抓了一把干草，把火点着了，接着放了芝麻秸，后又放了棉花柴进去。一阵浓烟冒过，火苗很快就从灶台前口和烟道里蹿了出来。待锅里的水渍蒸发干，表哥就用拳头大小的勺子从油盆子里舀了三四勺，又随手抓了一把花椒、茴香扔进去。不一会儿，锅里就有了"吱喳"声，紧接着就闻到了馨香味。等花椒茴香炸到微微发黄时，再放葱花、蒜和生姜片，只听"嗤"的一声，油锅冒出一片青烟，葱花在油面上，飘起一股清香。再用勺子从酱袋子里挖三勺酱放到锅里，慢慢搅了几下，就把五花肉也卷进去了。肉一进锅后，旋即传来"叽叽喳喳"的声音。表哥抄起一个比巴掌大些的长把小铁锹，双手紧握着使劲儿翻搅锅里的肉片。小铁锹一起一落，发

出"喳喳"的声响;锅里的肉则像一群麻雀飞落在一块金黄的谷田里,密密麻麻、"叽叽喳喳"叫个不停。表哥挥舞着的小铁锹像是不停驱赶着什么一样,急速而又匀称,声音一疏一密,越来越低。

表哥脸上挂满小水珠,脸上淌着比平日更多的汗水,肩背上落了一层白花花的雪。这时,表哥才有了话:"花椒、茴香在油锅里变成焦黄色就不要再炸了,这时候刚好出味儿,又浸在油里面,过了的话,味儿就跑了,就只剩下黑壳儿;葱花要漂到油面上,火候也不能过,否则就成了干树叶子。"

其实,不用他说,这一切用鼻子和眼睛就能感觉到。可令人纳闷的是,他为什么那么早放肉?我看有的人提前炒好酱,等肉快炒熟时再浇上去;也有的是等面酱炒成疙瘩以后,用凉水或酱油化开以后,再把肉放进去炒。

表哥说:"这你就不知道了,大锅菜有肉才香,肉香是因为油多。我这样炒,是要让面酱将肉块的表面包裹住,不让肉出油。出了油,再煮,味道就没那么足了!"表哥一边说一边炒。

雪花飘得更紧了。柴火青烟在雪花的空隙中缭绕;大锅里突突冒起的热气,饿狼扑食般地就把雪花吞下了。灶火的上方,倒升腾出一个不小的半圆形的无雪的空间。面酱的甜香味,一会儿比一会儿浓烈。香味,柴火烟气,细碎的雪花纷飞跳跃,使本来应该肃穆的场合,呈现出柔和的情景。

妗子已是快八十岁的人了,也算是喜丧了。

"炒到后面,酱也炒好了,肉也熟透了。这样炒出的肉,还有一个好处,就是在伏天里,放个十天半月的,也不坏。肉是贵东西,谁能就准备得恁及时?"

这一手,该就是表哥的与众不同了。

肉炒到互相不再粘连,表哥掇起酱油,"咕嘟咕嘟"抡着往肉上倒了半壶,又用铁勺子不停翻。我问,底下已经炒了酱,咋还再搁酱油?他说,颜色差不多,可香的味道不同,面酱香味儿浓,酱油味儿清,谁是谁的香

味儿，不能相互顶替的。

刚说完，表哥又提过来开水，将开水倒进锅里，"嚓——"的一声，一团团白色的水汽从锅里升腾并扩散开来。在跟前，我也只能看到表哥的轮廓。只听他说要放白菜和海带了，接着便听到"噗噗"往开水锅里投放东西的声音。放完后，表哥用铁盖子盖住锅，火也不像先前加的那么旺。他说得熬上一阵子呢，豆腐和粉条得等菜熬好前半个小时放。早了，吃起来就没筋骨了。

等豆腐、粉条、盐都放进锅里，表哥用长把铁勺子在锅里来回搅了几遍，告诉我这就需要用慢火了，让各种菜互相津津味儿，等粉条软和透了大锅菜就算熬好了。他也大功告成似的，可以坐下来歇一歇了。他用毛巾摔去长条凳子上的雪，喊我过来一起坐到上面。他从裤兜里掏出一盒皱巴巴的蓝钻石烟，捏出来三支，要给我，我摇摇头说不抽的。他退回一支，把一支递给烧火的老汉，老汉从灶膛里拽出一根柴火，把两个人的烟给点上。只见表哥使劲抽上一口，接着鼻孔里便冒出两道烟杜。再用力吸一口便连着咳嗽了几下，脸都憋得通红。咳嗽完了，往垃圾上啐了口痰，缓过神儿来又问了我外边的一些事儿。

问答之间，我倒闻着大锅菜的香味没有先前浓了，头低到锅前才能闻到一股淡淡的酱香味儿。表哥说，这就对了，香味都到了菜里面。两支烟抽完之后，表哥说菜能吃了，老汉站起身来，把烟头丢到灶火里，走到东屋里，提出来一个洗衣服用的白铝盆。放到灶台上，从锅里往里面舀菜，一边舀一边说："只要是你小群在这儿，按可卯（正好）做，保准不够吃。还是趁早往外舀一盆，再往锅里加些菜多熬些保险。"

表哥一脸的自豪样儿。

老汉从铝盆里给我舀了满满一碗，让我先吃。看着大锅里菜上面飘着一层油，可吃到嘴里，并没有腻的感觉。无论是绵绵的白菜、软软的豆腐、面面的海带、光滑的粉条，都不失自身的味道，只不过都变得油润甜香了。你再看那红白相间的五花肉，嫩生生、油光光的。夹到嘴里慢慢地嚼，不仅有筋骨，还真能让你嚼出油香来。肉在炒时没有出油，香便都流

到吃的人口里了。这一片片肥嘟嘟的五花肉，不仅解馋，更留住了人们对大锅菜香喷喷的记忆。

表哥给我说过多次，大锅菜在邢台、邯郸这一带很盛行。我问过他，大锅菜是从啥年代开始有的？他说，没有人能够说得清楚，只知道很有些年头了。表哥说："你要想打破砂锅问到底，我也不知道底在哪里。我就得给你说说离你老娘家不远的赞善村里的一个大户……"

表哥说的这个大户，叫宋克宽，字公让，小名济，辛亥革命那年生人，是我老家高店村的女婿。至于这个女婿，说起来可不光彩。他祖上是贩卖粮食的，积攒了丰厚的家底，他承接了祖业，继续做粮食生意。宋克宽原先有一房家室，不幸染了急病走了。有人给他说了我村姚姓家的漂亮闺女，名叫珍；她还有一个双胞胎的妹妹叫琴。姐妹俩长得一模一样，外人根本分不出来。姐妹俩都知道他的名声，当大人的也以有这样的女婿脸上有光。他是过来人，见面的当天，就哄着与珍有了真动作。也许是当晚喝多了酒，出门上厕所回来后走错了屋子，二环炮放过之后，身下的女孩说道："你千万不要告诉我姐姐。"话一出，他知道走错了屋子，还担心会发生什么。没想到当妹妹的说自己也很看得上他。只要当姐夫的有心，妹妹绝对不会怪怨姐夫走错地方了。当大人的唯恐跑了这个金龟婿，至于他晚上的行为，不知道就是不知道，知道了也是不知道。表哥说这个宋克宽前半辈子还真是有福，就连 1942 年闹灾荒，天津、北平、广州都有人家的庄铺。他挂在嘴上说自个儿平生有三个喜好：一是在北京吃翅宴；二是在天津听马连良的京剧；三是在家吃老婆做的猪肉、海带、豆腐炖粉条，多放香油。这第三个喜好就是爱大锅菜这一口了。

说起这个宋克宽，表哥的话就多了。他说，这个老宋啊，当年从大地处回来，还爱领一个时髦的女相好。家里的老婆惹不过他，只是不叫这个女的在家里住。老婆已经够意思了，他老宋也不好说别的，就让这个女人住在村中间的一个饭铺的楼上。这个饭铺的看家饭就是大锅菜，这个女的还吃上了瘾，一天吃两顿也不腻。有时与老宋一块儿在楼上吃，还和老宋打情骂俏。吃着豆腐，夹着海带，说老宋的"二掌柜"也是这般

的软中有硬,越嚼越有味。老宋让她试试,她就真的上来了。楼底下的人听到了响声,就问:"能不能轻点儿?"那个女的也不害臊,冲着楼下喊,大锅菜还没让我吃出滋味呢。

我问表哥,这么多年在饭店,就没有和哪个小姑娘看上了眼?表哥说,别离奇,闺女小子他们的孩子都多大了。有人说,常在河边哪能不湿鞋的,表哥湿不湿鞋只有他自己知道了。可表哥说的宋克宽的第三个喜好,倒是可以说明故乡大锅菜盛行的年头应该是很久远了。

我母亲去世后,表哥过去了。他说,在这里是亲戚,不能亲自掌灶。但要我不要对大锅菜马虎了。他告诉我,红白事上,乡亲们很看重你家里的大锅菜的。他还告诉我,曾经听说过的,一个把大锅菜看得比爷娘老子还亲的故事。

20世纪七八十年代,我们村有个人在县上当头头儿。他母亲去世得早,没多久,他父亲就和本村一个寡妇好上了。他觉得父亲给他丢面子,常年不回家。父亲去世后,乡亲们都过来帮着料理丧事,他却死活不肯回家。眼看快到出丧的日子了,他坐着车回来了,让四邻起初觉得他可能原谅了老人。谁知,他下车以后,从汽车后备厢里往下掭出几块猪肉和一大袋子新鲜蔬菜,叮嘱灶火上做饭的人:"这些东西都用上,把大锅菜熬得肥肥的。让大伙儿吃。"说完,大伙儿本以为他会到父亲的灵前大哭一场,不料想他却朝着在场攒忙的乡亲们,扑通跪下磕了三个响头:"老少爷们儿,对不起了!"尔后起身,拍拍裤子上的土,上车就走了。

乡邻们一下子愣住了,不知这小子唱的哪出戏。好一阵子,人们才缓过神儿。一个长辈说:"小子虽说不孝,还算有点人味儿,知道让埋他老爹的乡里乡亲们吃碗大锅菜。"是的,尽管这个当儿子的落了个不孝的赖名儿,但他却很清楚大锅菜在故乡人心目中的位置。

做大锅菜,并不是都像我表哥做的那些条条道道。根据家里经济条件的不同和季节变化,用的材料也不都那样齐整。白菜过了季儿,也有用冬瓜和干萝卜条代替的,现在不少人家还用茼头白。不管在什么季节,蔬菜是必用的,粉条、豆腐、海带还在其次;最大的差距就是肉多肉

少。但即使如此，大锅菜也不是乡亲们的家常菜，平时吃得不多，大都是逢年过节和过事儿人多的时候吃。

大锅菜的材料用法虽多有讲究，但巧妙的主厨者缺了哪样菜都能做出来。和其他菜相比，熬菜凉得也慢些，可随到随吃，适合流水席；还便于存放，剩下一顿再吃比刚出锅时味道还要好；它的量也好把握，在稠稀和咸淡之间；做大锅熬菜需要的炊具也少，锅碗而已，甚至连饭桌都不用考虑，端上菜随便蹲在地上就能吃。我小的时候，端着菜碗，跑几百米以外的村边井台上吃。

虽说大锅菜是大众菜、平民菜，人人爱吃、家家可做，但要做得地道、做出水平并不容易。家里人过节令，还好凑合。可是，当遇到儿女婚嫁、丧葬、祭祀等大事儿，用的人多，这时候就不能凑合了。为了让大家吃得好，都会找"好手"来帮着做，请来掌灶的人称"大锅头上的"。这个人会按照主事人的家底和交代准备大锅菜的材料，尽量做到既够吃又不浪费。他们往往会把头一锅菜做得稠些，盐放到适中。假如来的人多了，准备的菜不充足，他们就会临时根据多来的人数，往菜里加些水和盐。有经验的掌灶人都会事前烧开一两桶开水备着急用，有时菜稀得盛到碗里能照出人的影子，都戏称这是"涮亲戚"。事情圆满结束后，主人会送给"大锅头上的人"几个馒头或几尺布作为酬谢，现在也有给条香烟的。大锅菜做得多了好说，事办完后，主人家会盛到盆子里送给邻居的。

大锅熬菜熬得好不好，乡亲们有他们自己的评判标准。更多的时候，他们并不看重肉多肉少和味道香不香，而是通过大锅菜看人实在不实在。人们公认你家庭条件好，你却舍不得往锅里多放好材料，就有人说话了，轻则说你小气，说重了就是对乡亲们不实在。还有些时候，主家没招呼好做大锅菜的，或者做大锅菜的人心里对主家有意见，就会想着法子让主家在别的地方多破费。因为，红白事上都是按照看好的时辰行事，错过时辰怕不吉利。要是做大锅菜的人故意不加火，到了吃饭的时间菜还是生的，便嚷着让管库房的拿钱到街上买现成的，再不就干脆舀

几碗炒好的熟肉给帮忙的人吃。我个人就曾经见过一个嘎小子,将整袋的大米放进水锅里,米都冒出来了,他还故意朝事主喊着:"坏了、坏了,米放得太多了,这可咋办?"俨然一副焦急的样子,旁边的人看到了,却没人上前,只是在原处低着头笑。这样弄两下,你不仅没省,还在人前说不起话,甚至还对自家的事有不好的影响。自家人吃倒没啥,顶多说是省俭。但是,在招待人时,就不能这样,要和你的家庭条件相般配。

条件差的,即使清水煮菜,请来帮忙的乡亲们照样干活尽力,绝没一句怨言,甚至还有从自己家带着菜食过去帮忙的。村上有个叫海林的,一只眼天生残疾,三十多了还没讨上媳妇。他父母去世得早,又没有兄弟姐妹照应,日子过得没个样子,自个儿起火做饭都很少,不管谁家有了红白事儿,他是不请自到,为的就是混饭吃,临了还揣回几个馒头。有一年深秋的一天,村上来了一个精神不好的妇女,在村上占了一个多月了还不离去,眼看天冷了,上岁数的人可怜她,就想到了海林。有细心的人打听到这个妇女已经到过临近好几个村了,该是没有"家道"的,就给海林介绍。海林高兴坏了,没想到这辈子还能捡到一个媳妇。他用一只眼打量了一下这个妇女,还不怎么丑,对得住自己,就把人家领了回去。本族尊长要给他们举行个仪式。办喜事那天,尊长说,村里凡在家的都要来,而且谁也不能只带一张嘴空着手来。于是,乡亲们来的时候,你拿一个北瓜,我掐一把粉条,他抱几棵白菜,一个搞企业的远门提来了一大块肉……这天的大锅菜都成了百家菜,大伙吃得比哪一家都香。

倒是那些从村子里走出去,并且混出头脸的人,也对大锅菜马虎不得。他们这些人平时回村少,给乡亲们帮忙不多,便会在自家遇到红白事时回报乡亲们。乡亲们站在灶火旁边,满锅里多是翻滚的肉块和漂浮的油花。开饭时,自己还会亲自到大锅前盛一碗菜,碗底下再夹一个馒头,与邻居们或坐在院子里的方桌上,或圪蹴在门前的台阶上,边问年景边大口吃菜。这样的话,便有人会说:出去这么多年都没有变,还是咱农家人的样儿。这句话,可是乡亲们对一个在外的人很高的评价。谁要是觉得混到人前了,做大锅菜时清汤寡水糊弄人,动不动还摆谱,乡亲

们可不买你的账。场面上肚里再有气儿,也不会丢下饭碗走人。可是,日后在街上见了面,人们也会爱答不理的,或干脆远远地躲着你走。

有一位在本地权力部门做事的,埋他老父亲时,他买了不少肉和其他好吃的,让村里管事的把熬菜做得肥肥的。没想到的是这个管事的为了给事主"走近步"(即套近乎),舍不得往锅里放肉,将不少肉搁在屋子里给省着。乡亲们看到锅里的菜很生气,到了出殡的时候都不往前凑。他觉得很纳闷,事后知道了真相,将管事的骂了一通,并专门在村口的饭店请了乡邻们一次。

听村里的长者说,旧时的大户人家,常常会在祭祖时,熬上一大锅菜。家里不论长幼和辈分高低,族长都会叫来聚到一块儿吃。边吃边训教起重复了无数次的族规来,说得最多的就是家族里的人要互相担待、互相帮助和好好做人为家族争光之类的话。那一刻,大人小孩的脸上无不洋溢着血脉相通的亲近感。小家小户的尊长,也会把家里人招呼到他们住的堂屋,一块儿吃上一碗他们亲自做的大锅菜。即使单门独户,只要一家人平平安安,儿女们能围在灶火旁边,吃着大人做的大锅菜,茅屋寒舍里,也会荡漾起春天般融融的暖意。

记得还是在人民公社时候,每当农忙季节,生产队长都会安排人在地头挖一个灶膛支一口大锅,熬上一大锅够全队下地人吃的大锅菜。儿时的我常常和小伙伴们,赶在开饭前混在大人堆里做出干活的样子,便也能站在大人的队伍里享用大锅菜的美味,甚至碗里还会比大人多出几个肉片。

遇到收成好的年头,年底生产队有了节余,这样的大锅菜也会出现在既是队部也是牲口棚的院子里,队里的大人小孩都可以过来吃。虽然大锅里的菜没熬透,就有性急的揣了碗等在锅边,待真正开饭时,又互相让着不靠前,最先盛到碗里的还是爱热闹的孩子们。看到有的小孩心急火燎地将一块肉放到嘴里,又被烫得赶紧吐到碗里,这种情景,让身旁的人笑个不停。

到现在,不管是乡村还是城镇,只要把大家伙集合起来,要共同干

一件事情或几项工作，大锅菜是任何生猛海鲜所代替不了的。大家共吃一个大锅里的菜，心往一处想，劲往一处使。这时的大锅菜，默默地承担起了凝心聚力的载体。

过年过节，父母要做的是大锅菜；亲戚朋友来了，父母爱做的还是大锅菜。因为在大锅菜中，凝聚着融融的亲情的味道。

父母最大的开心事，莫过于家人团聚。而八月十五和大年初一，又是最具团圆况味的节日。这两天不管谁家，父母都会为回到家里的儿女熬上一锅大锅菜。即使儿女们不在身边，哪怕家里只剩下一个老人，也会熬一锅菜。自己吃之前，还会供奉一碗到"天地"和"老少家亲"牌位前，请"他们"共享。儿女们成家后同住一村的，这天中午，也会给父母端来一碗自己熬的菜，再从父母这里盛一碗回去，这样做既是在孝敬父母，又意味着大人孩子仍在同吃一锅菜。

20世纪50到70年代，很多家庭整年都吃不上肉，过年时买一小块儿肉，熬菜时放到菜中间染染味，菜熬好后把肉块夹出来下次再用。家里不富裕，待来了亲戚，还有使用蒙头肉的：先将肉在小锅里炖好，搁在火炉旁边，大锅里熬的则是素菜。给亲戚盛菜时，特意往菜碗上加一小勺儿肉，这就叫做蒙头肉。即使到了今天，吃肉已不像过去那么难，但大碗吃肉还是庄稼人的一种奢望。平时大多数人家都舍不得吃肉，只等到了过年过节或来了亲戚时才买块肉熬菜用。

小时候，我家弟兄们多，日子紧巴，大人紧拔挣慢拔挣，能让孩子们吃饱就很不容易了。即使这样，过节时，父母也会想方设法熬上一锅大锅菜，让孩子们认认节气，就是碗里难得有肉块儿出现。母亲常叹气说："大锅菜得有了腥味才好吃，年底猪不卖了，让孩子们吃满碗的肉。"可每每到了年底，我们看到的还是父亲用排子车拉着猪，卖到县里的收购站。那时，家里有比吃肉更需要花钱的地方。母亲都要叮咛父亲，无论如何，要买块肉回来给孩子们解解馋。

故乡举办庙会时，我常常从城里带着几个朋友回去。为招待我的朋友，父母头几天前就开始盘算着如何做好大锅菜了。我和朋友们还没有

坐稳,父亲便蹲在灶台前点燃柴火熬大锅菜了。初时的浓烟呛得父亲直咳嗽,眼泪都流出来了。火苗燃起来后,将父亲苍老的脸照得通红。锅里的菜经了烟熏火燎和柔柔的细火儿慢炖,沸腾翻滚中,飘溢出一阵阵沁人心脾的菜香。闻着这个味道,城里来的朋友们早就馋涎欲滴了……

如今,时代在变,人们的观念和生活方式也在改变,而且,川菜、鲁菜、淮扬菜系也早传入冀南城乡,但在重要的日子里和场合上,故乡人钟爱的还是大锅菜。我去过不少地方,吃过很多种类的菜食,可我觉得吃得最舒服的是故乡的大锅菜,它已经融进我的血液并形成生命记忆。大锅菜将永远飘香在我的心头。

故乡的杯盏

　　酒和酒文化已经融于人们的物质和精神生活之中。我那位于冀西南部、太行山东麓的故乡，自春秋战国到 1949 年的两千年间，尽管战火不断，但人们依然不失对酒的情怀。酒依然蹚过历史长河，以一种特殊的方式，在这片土地上，在朴实的人心里存活着。

　　我小的时候，故乡人因生活艰难，平时很少动酒盏。酒在人们心目中，奢侈又贵重。烟火岁月平常日，很少有酒香飘过。村里、乡上、县城都没有专门的酒馆，没有卓文君当垆卖酒，饮者醉躺前的情景，没有可以让孔乙己赊账打酒的掌柜。酒在人们心目中显得珍贵，它总是与生活中重要的事情和时间有关，饮酒更显得神圣和庄严。

　　那时过年，家人团聚，不少人家即使平时连酒瓶也没有碰过，家人的年夜饭也没有酒。但是，除夕夜的供案或待客桌上，却放上了酒。供天地，也供前来拜年的乡邻。每年到邻居家拜年，就连不沾酒的人也让端端杯。此时只有一个理由："谁让咱是一个村的人？"

　　娶媳妇嫁闺女，"喜酒"得喝。日子再艰难，也要打二三十斤酒款待亲戚和乡亲。故乡人醉得最多的，就是在办喜事人家酬客的席面上。

　　盖房起屋上大梁，即便借钱，主家除了鞭炮，还要用酒祭拜天神，还要答谢帮忙的人。讲究的人家，老人做寿，桌面上也会放瓶酒，但没人放开量来喝。一般人家，就吃一顿鸡蛋卤子面条。

　　冬天的夜晚，走在街上，偶尔透过人家的窗户，也能听到猜拳声。一盘花生米、几片浸了盐的白菜帮儿，就成了下酒的菜。应该是老村支书为这家说和了邻里纠纷，或者是张老汉牵线促成了一桩好姻缘，也许就是几个平时十分要好的凑在了一块儿……几杯薄酒，饱含了他们之间

的情感。粗犷的嗓音,伴随着寒风在街巷里跌宕,摇落树枝上的雪花,让人心头温热。

如今,人们的生活已不像过去那样贫困,不少人都奔向了小康,或进入富豪行列。人们对酒,已不再像过去那么经意,甚至几近无酒不成席。杯盏之间,由呛着煤火烟味的屋檐下,变到了玻璃橱窗上写着生猛海鲜的大小酒店。

但无论如何变化,杯盏之间,无法改变的是人们内心的真实情感;改变的,只不过是人们不能表达内心真实的外部环境。

不管过去还是现在,和长辈坐在饭桌前,端在杯子里的永远是亲情,夹在筷子上的永远是惦念。这种情感会变吗?不会!和情趣相投的人在一起,用得着客套吗?不用的。要是宴请事有所求或地位高的人,你能不讲究吗?不能。酒要好、菜要贵,你还得嘴上说尽近乎话,脸上溢满热情的笑。还有不少场合,席面上,每个人都成了演员,重在角色的表演,杯盏之物都成了应景的道具。

这些年,我参加过无数喝酒的场合。最留恋的是爱好相投的朋友相聚,酒不用好,菜不要贵,清风明月都可下酒入菜,街巷陋肆也无所谓,要的是一种情趣。常想起白居易的那首《问刘十九》:"绿蚁新醅酒,红泥小火炉。晚来天欲雪,能饮一杯无?"尤其是后两句,多么具有诱惑力。每次,我都会幻想出雨雪天和几个好友落脚在深山道旁的一个小饭馆里。屋外雪花飞舞,窗外的山坡上白茫茫一片;屋内却显得温暖、明亮。顿时,你会觉得生活在这刹那间泛起了玫瑰色,发出了甜美和谐的旋律……

包皮面

　　在太行山区乡村，有一种特别朴实又叫人口留余香的小吃叫包皮面条。这种面，山里人谁家都做得来。只是由于各家地里种的庄稼和仓瓮里储存的粮食不同，所包的面种也有所差别。包皮面条当中，也就有了"包皮红面""包皮玉米面"和"包皮荞面"等多个品种。

　　面条，是一种非常古老的食物。2002年10月14日，中国科学院的科学家在黄河上游、青海省民和县喇家村进行地质考察时，在一处河漫滩沉积物地下3米处，发现了一个倒扣的碗，碗中装有黄色面条，最长的有50厘米，宽0.3厘米。研究人员通过分析该物质的成分，发现它竟然是由粟子面制成的。这碗粟子面条，距今已有4000多年历史。在古代，粟是黍、稷之类粮食的总称。它可是我那位于华北的干旱地区故乡的主要农作物。

　　据史料记载，小麦是距这碗粟子面条一千多年后，也就是商中期和晚期左右才在我国内地出现。战国时期发明的石转磨盘在汉代得到推广，使小麦可以磨成面粉后才得以普遍被食用。人们的味蕾是最敏感的，好吃的食品一尝即知。小麦面洁白细嫩，口感滑，营养价值高，被称为五谷之尊。

　　然而，包皮面却一直没有离开山里人的餐桌。不是难以割舍，而是无法取代。千百年来，太行山里的村庄，大都地皮薄，旱年头又多，种在地上的小麦也没有多大的收成。有些山里人，只能背着核桃、酸枣、栗子等山货，爬出深山才能换回些许白面；就连与太行山区相连的丘陵地带，也难遇几个丰年头。所以，在物质匮乏的年代，光润如脂、洁白如雪的小麦面，是山里人极少能品尝的美食，是难以经常出现在百姓餐桌上

的珍品。

由此,包皮面应该是白面条的孪生姐妹。它的出现,是与中国人的热情好客分不开的。孔夫子就直截了当地说:"有朋自远方来,不亦乐乎。"山里行走不便,人们的交往很少,能让人在寂静的山谷里听到脚步声就足以"跫然而喜",何况有亲朋临门?兴奋之情如何表达?李白会大喝:"五花马,千金裘,呼儿将出换美酒,与尔同销万古愁!"山里人没有"五花马,千金裘",也没有充裕的光润如脂般的白面,于是,一碗包皮面就成了他们端给亲朋最好的食品。其实,包皮面在那个年代,不仅仅是以一种美食出现;它更是苦难岁月里的人们,为了给孩子们增加节日的喜庆、待客的热诚和国人固有的对体面的讲究,又因物质条件所迫用善意包装起来的巧手之作。谁不知道净白面好吃?那都是让艰难困苦的日子给逼出来的无奈之举。

直到今天,山里人都认为,包皮面源自他们世代生活的太行深山。甚至还有这样一个传说:从前有一位婆婆,在家务活上经常给儿媳妇出一些伤脑筋的"难题"。一天,她让儿媳用有限的白面和豆面擀面条,条件是不能将两种面事先和匀,而在吃的时候要有均匀感。这位聪明的媳妇并没有被婆婆的题目所难倒,真的做成了流传至今的包皮面。

山里人都有这样的记忆,过去家里招待客人和过年节时,除了包皮面条,还有"一进三团院"。你乍听,还真以为是个富户人家的房宅呢。其实是一种"馒头"。所说的"三团院",并不是用砖石垒起来的,而是用三种不同的面粉揉蒸出来的。外面一层是白面,里面两层包的有豆面、红薯面等杂粮。馒头只是一个漂亮的外形。包皮面也是一样。这样做,不管是对主家还是亲戚、客人,一种刻意的包装,让双方都有了面子。这个面子,也真是让特殊时代给逼出来的;这个面子,也是当时人们生活情境的真实写照,是那个时代山区乃至北中国更广大农村的缩影。

包皮面并不总受人们热衷。经济条件稍稍好转,且已经能吃起纯白面的时候,先是孩子们,变得愁眉不展了起来;再是大人们,也还能清晰分辨出包皮面磨牙、刺嗓子的粗粝感觉。吸溜着光滑纯一的白面条,阳

光也变得明丽。

常言道,风水轮流转。在我国古代历法中,一个花甲六十年被称为一元,三个花甲一百八十年被称作三元,每二十年为一运,总共九运。古代占星家认为,每二十年各有不同的星运,影响到人事就是轮流转。可人的味蕾感觉变化更快,从改革开放至今,刚刚过了一运多点的时限,便开始怀旧了。

不是么?从困难年代过来的人们,对粟薯杂粮的记忆都非常的深,但已有了时空的距离。日间的求精吃细中浮起了油腻,又渴望远去的味觉的回归。就像离家的游子,远了便又生发起淡淡的乡愁。如今,在冀南太行山区,无论是农家还是街头的饭馆,常将"包皮面条"作为待客的上等面食和吸引外地游客的招牌。很多门庭简洁的小院门口,停放的不少奔驰、宝马、路虎轿车的车主和乘客,都是奔着包皮面条而来就是很好的佐证。

在太行山东麓一个名叫安河的山村,一家小饭馆里,擀红薯包皮面的,是一位满头白发但身板硬朗的老太太。她先用温水和了一小块红薯面,然后再揉一大块白面。面和好微饧,用白面去包红薯面,像捏饺子般将周边包得严实,便放在案板上用长擀面杖慢慢地擀,擀几下转转,好让整个面擀得匀实。面饼起初只比巴掌大一点,有小拇指般厚。不一会儿就有鏊子那般大了,面饼也逐渐变成面皮了。这时候,往前擀的时候,面皮就裹在擀面杖上了。一层一层,裹的时候还会发出啪啪的声响,就像早上踏青的孩子在喊山。又觉得是他们在过日子,小心,又得一步一步地踏实。擀成了,薄薄的面,有火柴把般的厚,却是三层。切成柳叶一般的面条,我看着与白面条无异。因为用了白面,便都是白的了,需要提起来才能看到隐隐的一道暗红。上下的白,夹着中间的淡淡红。像什么呢?提起来,俨然生活中的彩虹。眼前的,是白厚红薄;过去,应该是红厚白薄了。这中间,也体现了时代的轮回变幻。

卤子的主料是韭菜鸡蛋,如果加上羊肉和葱花会更好。吃起来几乎与纯白面的面条无异,细品,才能让你感觉一丝的粗拉和甜头。要说,与

豆类杂面条又有不同。口感上的粗润,滑润间的一丝甘甜,让人不由产生一缕对往昔岁月的回味。这该是包皮面的最大特色。当然,还有当今人们对保健的心理期望吧。

其实,这已经是现代式的包皮面条的吃法了。鸡蛋和羊肉本身,就是从前的穷苦人家不敢奢求的。那时,顶好的吃法,就是初春的香椿芽刚刚吐出嫩芽骨朵时,掰下来,切碎,放上盐,用滚烫的开水氽开,便是天下最美的卤子了。一位长者,给我说过多次,永远不能忘怀的就是那个卤子的清香,胜过所有大油的香气。平时,就用韭菜加盐开水氽卤。只有重要的节日,或来了亲戚,才能吃到鸡蛋或一腥半点的肉卤面条。

现在,包皮面条也和其他的小吃一样,只是满足了人的一种怀旧心理,年轻人也觉得好奇,但只是尝尝而已。人是时间的产物,一个时代和一个时代,一代人和一代人,总有着不同的人生命运和迥异的生活体验。

手工粉条

　　我出生的村庄,紧挨着太行山,属于丘陵地带,和冀南平原只是连了个边儿,离海腥味更是千里之遥。故乡人爱吃大锅熬菜,大锅熬菜里面有白菜、豆腐、粉条、海带等,肉时有时没有,全由经济条件来决定吃荤还是吃素。大锅菜里的材料,海带这里没有,其他的都有。没有海带,有豆腐、粉条,切一棵白菜或剁半块瓜,放肉的或不放肉的,也不管手巧的手笨的,只要大火炖一阵子就成了大锅菜。

　　大锅菜里,粉条该是"游刃有余"、确实又少不了的"串客"了。农村种红薯多的年代,过年前每个村里都有人做。做粉条不是很复杂,磨芡、打糊、漏条、热煮、晾晒干了就成了。过去,我家里就曾经用饸饹床子压过粉条。不少人家做的纯红薯粉条,就图个纯粉芡,并不在技术上太拿捏。不少粉条放到锅里,炖的时间一长就容易断。大锅菜有个特点,放到第二顿吃才更香,到这时候粉条就挑不成"整条儿"了,甚至变成一锅粉条粥。一大勺子舀到碗里,虽然能像粥般的呼噜呼噜喝,但粉条的滋味还没有变。

　　漫山遍野种红薯的年代,早已随风远去,吃红薯成了好多人的新鲜事,做粉条也不那样普遍了。但是,这片土地上的人们,吃大锅菜的风俗和嗜好没有变,舌尖上的味蕾对粉条的记忆和恋情依然。于是,市面上,有人做粉条,往芡里面掺别的面,吃起来没劲,腻叨叨的不打牙口;更可恨的,光图好看,净往里面掺胶,煮不烂也咬不动。人们打心眼里喜欢的,仍然是贫穷年代吃到的纯粹的红薯粉条的味道。

　　这些年,平原上沿着古河道的村落,沙土地多,种红薯耐长,种别的庄稼长不好,就还种红薯,然后做粉条卖。丘陵地儿的村庄,有专门种红

薯做粉条的。他们愿意留住祖传的手艺,留住陈年的口味儿。

太行山脚下有个功德汪村,村民做手工粉条,还做手工挂面,很有些年头了,到现在还做。村里上岁数的人,说这两样东西有上百年的历史了,确切的年头没有人说得清楚。对粉条的印记,很多人都停留在上个世纪生产队的时候。当年为了让人填饱肚子,村南村北土岗上都种红薯。红薯多了,队里为了给社员的嘴头变变花样儿,就将一部分红薯磨成了粉芡,按照祖辈传下来的办法做成粉条,过年了分给社员。

癸巳年寒冬的一个艳阳日,我和一个文友慕名来到功德汪,看这里的人做粉条。村子西边几里地,就是连绵的太行山脉。房舍鳞次栉比,错落在一条东西向的河沟阳坡上。村子西北角,有一座据说是唐太宗敕建的能仁寺,里面还住过一个身手高明的和尚,明朝年间还为民除过害。现在,早没有了和尚住,院落小的也就是一座小庙,村里人还去上香供奉,这个神灵,是谁,真假,其实也无从得知。但是,和尚当年为民除害的功德,像寺前那汪清亮的河水,随着村名由西许庄变成功德汪而被人们世代牢记着。而如今,能仁寺的香火并不兴盛,可这个村多的是做粉条和挂面的能人,一代一代相传。

村里的地都在岗坡上,不容易浇灌,耐旱的红薯,倒能旺盛生长。附近几个村庄都这样,种红薯的却不多,也少有做粉条的。功德汪却还在种红薯,还在做粉条。村南坡上有一家机制粉条加工厂,村里更多的是仍然沿用土办法,手工制作粉条。

从村北岭坡上下到村里,不远,就看到一缕青烟从街旁边冒起来。走近了,就看见南墙根有几个人正在做粉条。用一个石块垒的大灶台,外面抹着一层新泥,上面安了口头号大锅,加满了水,一个老婆婆不断往灶膛里加柴。一加,就冒一阵烟,跟前的人呛得咳嗽起来。接着烟小了,火苗就挤满了灶膛,从灶口和烟孔往外蹿。灶台右边是一张方桌,放了大瓷盆,一个老汉和一个中年人,挽着胳膊,一手按着盆沿,一手握着拳和一大块芡团子。芡面很黏,沾得满手。拳头下去,看见得用很大的力。灶台东边,一个年轻人手里夹着筷子样的两个细木棍,等着挑粉条,

身后有一个凉水缸、一个木架子。

我停住脚步，站到他们旁边。那个年长的问了一声我是哪儿的，然后继续做自己手头的活儿。他们有说有笑，都争着给我讲做粉条的事情。他们说，也不是因为他们村都是岗坡地，就只能种红薯。是因为村里人过去就这么做，也吃惯了粉条，尽管现在外面有了机器做的粉条，但没有自己做的味道好。自己做的粉条，吃得也放心。烧火的老婆婆说得更简单，那就是闲下子气儿。意思就是，闲着也是闲着，手头找个着落。

就在说话的工夫，芡面和得润滑了，抓一把一用力，发出唧唧的响声，形状也像小鲶鱼似的，从指缝里钻出来。长者便伸手拽一团，放到一个安全帽做成的漏瓢里，端到锅上面，另一只手握成拳，轻轻地敲击端瓢的手腕。安全帽底下钻了一圈圈孔眼，孔的大小和形状决定着粉条的粗细和圆扁，全凭人的喜好。敲着敲着，一缕白色的芡条儿就垂溜下来了，进到微微沸开的开水锅中。东边那人就用大筷子像钓者遛鱼般，轻轻转着圈搅。不一会儿，锅里的芡条颜色由白变为土黄，再煮得熟透，就成了晶莹的粉条。挑出来，先在大缸里冷却一下，然后挑起来挂到架子上晾着，那边又是一瓢下锅了。

看着芡条由白变晶亮，就是手来手去的，开水一煮，并没有什么复杂的。这时，过来一位凑热闹的，人叫他张老师。他听说我从城里来，不是偷手艺的，就对我说了许多。他介绍说，要做出好的粉条，得从红薯开始。挑出没有黑斑的红薯打芡，打出来用细纱布过滤三四遍，使芡粉细腻纯净。我看到的和芡面，得用食用明矾打糊，就像酵母一般起到膨化的作用。明矾绝对不能搁多了，多了就涩，吃了还对身体有害。这个比例，常做的人掌握得准。不多不少，糊才打得有筋道、柔韧，就容易上瓢漏条。粉条出锅后，不能直接晾干完事，而要经过冰冻和解冻再晾干，才最后完成。也正是这个冻的环节，使我晚两年才去功德汪看他们做粉条。原因是头两年下雪又早又大，得经过一个冬天来消化。熟识的村里人告诉我，路上有冰，车没法爬上去。小时候，见父亲做了很多次，都没有听说要冻的，还专门捡春秋风干的天气做。对此，我挺疑惑，不解为什

么他们这里到了冬天才做。

刚好，村里一个主任过来，听说我认为冻粉条蹊跷，就觉得好笑。他说正好家里昨个刚冻了几挂粉条，便领我过去看。他家在一个长巷子里，背阴的墙角还结着冰。进院子，撩开东屋棉门帘，就看见地上撂着一挂挂冰坨子，看不见粉条的形状。他说，粉条包在冰凌里面，都是在头天夜里冻的。就是我见到的，从水缸里挑出来，挂到架子上的粉条，就搭在院里晾着。到了晚上，星光满天，或有斜月清辉，寒风萧瑟。他提了喷壶，往薄冰初结的粉条上喷水，让冰结得更厚实。一遍一遍水，一层一层冰，窸窸窣窣，呢呢喃喃，像一对情侣般相互倾诉心声。是人在与粉条细语，又像是粉条在给人细致地诉说，交流着一片片、一缕缕的晶莹剔透。等第二天晴好了，就不能像昨天夜里那么柔情了。这时，人们对粉条冰坨子就要"棒打鸳鸯"了。一棒一棒地捶，一块一块地碎，砰砰梆梆，咯咯喳喳，直打得一双有情人泪眼纷飞。随着厚冰在棒下一块块碎裂，粉条却像美人出浴般展现出一身的纤巧亮丽。挂到房顶上面，再沐几缕艳阳，很快便迎着清风，轻歌曼舞开了。

我担心木棒下粉条会随冰而碎。主任说我多虑。粉条冻了，筋柔的性情不变，反倒是排出更多的水分，这叫冰碎形出，在阳光下透亮。张老师还对我说，粉芡越纯，粉条越筋道透亮。粉条的确比人脆弱得多，但她们却有着宁为玉碎不为瓦全的气节。面对雾霾，人们虽憎恨，又仍在制造着，更多的是表现出无奈与忍受。可是，粉条对雾霾绝对拒绝。无论是冰冻前还是解冻后的晾晒过程中，只要遇到雾霾的侵袭，粉条就会用断裂成碎段来抗争。好在，大山脚下的丘陵和沟坡里，远离雾霾，大冬天了连雾也很少来袭，多的是做粉条人家的开心。

村里人爱在街头上做粉条，就像最香的大锅菜都是过红白事上，在院落和街头的灶火上面做出来的一样，你放的材料，旁边的人看得清清楚楚。现在官道上提倡清清白白做人、明明白白做事，就是让你经得起百姓目光的检验。都说，人眼里揉不得沙子，粉条也是，她的整个身体对每一粒杂质都会"怒火中烧""气炸肺"。粉条上面，凡是起了小疙瘩的，

里面准有了杂东西。手工粉条,能够摆在大街旁,也有让乡邻们看着他们明明白白地做的意思。谁要是在粉条里掺杂使假,做得不干净,乡亲们的唾沫星子也能把你淹死。粉条不够透亮,还要遭人责怪,说你粉芡滤得次数少了,再不就是挑选红薯不仔细。这仍然和故乡的大锅菜一样,年龄稍大点,都能说出里面的配料。端起碗一闻,挑上两筷子,准知道香在哪里,不像饭馆操作间炒出的菜,香了,还不定放的是啥料子呢。

功德汪的手工粉条,和他们村的手提挂面一样,做了,主要是自己吃。过节或改善生活,用粉条做大锅菜,一家子人吃,也招待客人,走亲戚看朋友,也是个有特色的礼物。外面人到这个村子,吃过粉条菜,或者听说了,觉得好,就有托熟人过来要粉条的。不少人家做得多了,也向外人卖,卖的和自己吃的一样。其实卖,也不能当成真正的买卖来做。村里人做手工粉条,是不算工夫钱的。

家乡不止功德汪一个村做手工粉条,相同的是,这经年的传统,使得不少村里的大人小孩,耳濡目染,帮忙搭手,对工艺有了更多的了解乃至兴趣和喜好,逐渐便有不少精于此业的能人。手工做法,使得人对物品有了更多情感的注入,正因为此,才使得其比生硬冷漠的机械有了更多的温情。手工粉条和当下的许多手工面品一样,即使已经不是一个多么赚钱的营生,人们也仍愿意作为继承传统、学艺念祖的方式,有闲或得闲,借以打发时间,自得其乐地享受这一种类似"自给自足"的过程。

面故乡

　　故乡冀南和所有的北方人一样,千百年来,世世代代,主要的食物就是面食。故乡的人们,对于面食有着感恩和敬畏的情怀,总把自己的希望和祈盼,通过聪慧的头脑和灵巧的双手做一些淋漓尽致的表达。

　　早在三千年以前,居住在黄河流域的人们,就已经学会了种麦。明代周祁撰写的笔记小说《名义考》中说,古代凡以麦面为食,皆谓之"饼"。明代黄一正《事物绀珠》记载有"秦昭王作蒸饼",南朝萧子显在《齐书》中亦有言,朝廷规定太庙祭祀时用"面起饼"。明朝文人郎瑛《七修类稿》中出现了馒头这个名字,文中说:"馒头本名蛮头,蛮地以人头祭神,诸葛之征孟获,命以面包肉为人头以祭,谓之'蛮头',今讹而为馒头也。"

　　如今馒头已是我国老百姓最常见的一种主食,也是北方人的主要面食。只不过最初的为包馅,到清代才开始有"实心馒头"。但是,在过去的漫长岁月里,多旱少雨、浇灌不便的故乡,常常使得需要历经四季艰辛的小麦收成低。百姓吃到嘴里的多是黍子类杂粮,而不是麦子。荞麦、高粱、黄米、燕麦面,乃至橡子及麦麸单独或与少量白面混在一起蒸出的团子或曰"馒头",远离百姓的餐桌,还没有太长的时间。

　　故乡的人们总是揣着珍爱与呵护的情怀,让面食在他们的手里焕发出鲜活的生命:他们用一颗虔诚敬畏的心,将面食精雕细琢成一个个鲜活的美味食品。

　　故乡人吃大米饭,只是近年才多起来的事情。却因为大米饭,不是焖就是蒸,落了个虽"大",生熟也大不过少半个指甲盖儿的口病。然而,面粉是细微的,做出来的面食却是大馒头、长面条。就连不少江南文人,

也对北方的面食津津乐道。梁实秋和周作人都写过贫穷年代人们吃到的面食——窝头。只不过周作人笔下的窝头，并不是百姓日常食品，即使今天，顶多算是点心而已；梁实秋的《窝头》更具旧时代贫苦的象征，他还写了《面条》和《饺子》。这些都是北方人爱吃的面食。

在故乡，即使不懂雕塑的人，面食在他们手里，也都能变出花样来。即使最普通的馒头，做出来也有大有小、有圆有方，还有花卷、寿桃等等。白面稀缺时，能用白面将几样黍杂面包在一起，蒸出被叫做"一进三团院"的包皮馒头。面条也是这样，将红薯面或荞麦面等包在中间，擀出包皮面来。几乎每个村庄，都有几个面艺高手。因场合和用途不同，还会捏制成人物、动物、植物，一个个活灵活现、栩栩如生。一团稀软、柔滑的面团在他们的手中腾空翻转、飞舞跳跃，面在运动过程中的千丝万缕纤毫毕现。

不仅如此，故乡人在特殊节日里，制作面食时一如雕工艺人般，融入了自己的祈愿和情感。春节，除了蒸馒头、包饺子外，很多人家还要做面刺猬。将做好的刺猬放在住房门头上，意思是希望刺猬往家里驮金银元宝。正月十五元宵节时，都要用蒸熟的黏米面（黍子面）做很多圆柱体形的小黏灯，正月十五、十六晚上点着，放在自家堂屋几案上各个神像前，以及各房间、院子、街门口和其他角落暗处，希冀以光明驱赶邪祟，给各路神灵照亮。

还有过五月十三"送羊节"。这里的"羊"，便是用白面捏出来蒸熟的，有的背上还要驮一只"小面羊"呢。由舅舅给外甥"送羊"，一是羊表示阳寿（羊、阳谐音），希冀孩子能长大成人；二是教诲外甥学羊羔跪乳，知道孝敬父母，不忘养育之恩。

至今，在山区农村的葬礼上面，还能看到"大饭"的身影。所谓大饭，就是用白面蒸的大窝头或大馒头。直径有的都超过一尺，蒸时用大瓷碗或专用木具撑着。大饭有素面的，还有上插一组如《金沙滩》《战吕布》等戏曲里的面人儿，描上五彩色。面人都捏在高粱秆儿上，插在大饭的顶尖。

　　腊月二十六蒸馒头，是故乡农村至今仍保留着的年俗。也许，馒头的渊源，和祭祀有着太多的关联。故乡人蒸馒头，便也像祭祀般的用心和认真。

　　发面，加碱和面，揉馒头，上锅蒸，掌握火候和时间，每一个程序都非常用心。冬天里怕面不开，常盖了厚被子放在火炉跟前。过段时间就转转盆儿，怕开得不匀。面用力地揉一会儿就用刀切开，看看上面的气孔匀不匀，孔大了面发酸，是碱没有和匀；面死死的没有丝丁点气孔，那就是碱多给拿住了，蒸熟后馒头黄黄的瓷实如石蛋；直到看到了碎芝麻状气孔，面在手下变得光滑如棉，没有黏性却弹性十足了，才算和好。然后，总要拽一小段捏成小指粗细，放到火边烤，等胀到中指粗，就知道碱用得不多不少正可卯。揉馒头是用掌心，在案板上轻揉，不能用太大的力，犹如打太极一般，让面团在手心下转动，直到揉得表面光润浑圆。

　　故乡还有一种"杠子馒头"，据说，已有 100 多年的历史。面发好后，放到面板上，用一个类似杠杆的工具，反复叠压面团。直到手抓不烂、手抻不断的最佳柔韧度时，才上案手工成型上蒸锅。"杠子"压出的馒头，硬而不死，韧而不黏，掰开掉渣块儿，越嚼越香甜，越吃越想吃。

　　尽管现在的人们都很忙，馒头作坊、方便面厂也成了一个很兴旺的行业。不少人平时嫌麻烦，就买或用粮食换馒头吃。但是，节日里还是喜欢吃自己亲手蒸制的馒头和面条。那是因为，面食养育了一代又一代的人，故乡人也对面食有着浓浓的情怀，像一杯老酒散发着醉人的芳香。

喝　酒

这不是官方发布，与上下级来往应酬和为事托求无关。本定律仅适用于纯属好友相聚，不只为打打牙祭，嘴里还会唱着"鸿雁，向苍天，天空有多遥远；酒喝干，再斟满，今夜不醉不还"时"高纯度"的把酒临盏。

1.话与酒成正比

喝酒多少，往往和说的话多少有关。请客的多说几句还好，旁人要是话多了，在别人看来，那就是自己在找酒喝。当然了，眼下的生活条件，尤其是经常上酒席的、所谓"场面"人，像"全呼陪席"（即在南太行山脚下的全呼村。很久以前，有一个人，辈分较大，还是个光棍汉。因为家穷，上席面吃喝的机会很少。每逢自家族内红白事等，请他来陪客人吃饭喝酒。他都是先自己吃喝，不管客人，喝好后抹抹嘴走人。慢慢地，在当地就有了"全呼陪席——闹得了"的歇后语）那样的主儿（人）并不多。即使再好的酒，也总希望别人多喝点。

酒场儿上，大家伙喝得好不好，总要与一个醉字相关联。喝到最后，最好是大家同醉，个个东倒西歪，人人口中还都喊着"不醉不归"。但大多数情况，是少数人醉。醉酒的人，给没醉的人制造了下次酒桌上的谈资。上次喝醉的，若是下次看到他人喝多，就会五十步笑百步般地觉得很开心。

依照老规矩，每当酒席，必定会先选出一个"酒司令"。"酒司令"不仅有话语权，还可以行酒令。但这个"酒司令"，大多时候是争出来的。争的办法，就是拼谁喝得多。当然喝得多的当司令。为争这个角色，一上来

就十杯二十杯地干,半斤八两地灌。不胜酒力当场趴下的不少见。这就是争夺话语权的代价,当地人叫"下本钱"。当然,也有人喝了一斤一如常态,照样和其他人"觥筹交错"。

酒桌上,要让对方多喝酒,方法很多,其中之一,就是"抓话把儿"。常言道,言多必失。哪怕你没有说错话,话多本身,就足以成为别人的攻击对象。有一官半职的,说话难免打官腔、教训人;平素,下属听了诺诺称是;一旦喝了酒,又是熟人,借着酒劲,会打趣或直接说:"你别尿的那么高!喝个酒,还想把蛋扯疼!"有的人读了点书,喝起酒,就开始"之乎者也"。人也会说,喝个酒,也乱显摆,这不是教室讲堂!

酒一旦喝到了这份儿上,那就只有喝了,一杯一杯,直到有人趴桌子上,或者溜到桌子底下为止。

相对而言,酒桌上话少点的人,不容易成为大家的关注点,按常规出牌,顶大喝个均匀,不至于酩酊大醉。

2.己所不欲勿施于人

所谓的酒桌规则,也因地因人而异。一般来说,要喝多少,大家都喝多少。谁要是想让别人多喝,自己少喝,不仅对方不乐意,也过不了其他的灼灼眼目。可是,一旦有人对别人监督得紧了,自己也就被对方盯紧了。俗话说得好,种的是蒺藜,就别指望能收到甜瓜。

若是某人给别人敬酒时,说:"你干!"

某人就会反问:"你咋不干?要干都干。不干都不干!"

要是某人喝干了,你酒杯子里还汪着小半杯,其他人就会调侃说:"这是干啥,养鲸鱼啊!"

假如敬酒时候说:"不管你喝多少,反正我干了。"

这样一来,不但会博得同桌人的好感,甚至尊敬,而且会降低别人的监督力。酒喝到酣畅处,即使杯子里稍微剩一点,其他人也不会揪住不放。

3.你觉得该去,别人不一定认为你该来

凡是一地之酒桌,参与者大都是见面熟。饭店里碰到,本不是一个桌,人家一说待会儿过来敬个酒,就信以为真。喝到最后,很多端着酒杯串桌者,不是酒多,就是自个儿已经喝得翻江倒海,头晕目眩。

往往,你觉得该去另一个酒桌上给熟人敬个酒,也算一番好意。但很多时候,别人虽都会笑脸相迎,可心里说不定小声嘀咕说你不该来。

还有,你不能只给熟人喝,旁边的人虽然不大熟,甚至不认识,可那也是人啊!况且,人家还和你的熟人坐在一个桌子喝酒呢!你上去和熟人喝了,转身就走,当然是很不礼貌的行为。要是一个人喝一杯,三个人不要紧,十个人呢?

再假如说,凑巧碰到了十桌酒席,而且每个酒桌上都有熟人。你要是挨着去,意味马卜就变了,别人会以为你这是领导接见了。

即使你坚持"己所不欲勿施于人",可要是遇到了能把皇帝刘邦喊成刘三、光着屁股长大的伙伴,而且他还是个"三碗不过冈"的主儿,闯入那样的场合,还能少喝的了?

另外,虽然说现在的人生活条件基本上都好了,一般不会在乎一两瓶酒钱,可凡事都有个例外,如果请客的人是数着兜里的票子安排的酒菜。人家已经吃到肠肥肚圆,恰到好处了。你这么莽撞过去,说不定就让人受难为,自己觉得不好意思了。

所谓串桌子,说到底是一个礼节。朋友在一起吃饭,串个桌子,敬杯酒,其实为联络感情,也是友好的表现。但事事要根据具体情况。礼节这个东西,弄不好,也会无意中成为过节。

绿水池全景 （李自岐 摄影）

第 **二** 辑

民间事

山村喜事 （李自岐 摄影）

口 哨

忽有一天,在我居住的小区街道上,响起了悦耳的口哨声。闻声寻去,是一个骑在三轮车上收破烂的人。人挺瘦,光头,四五十岁的样子,车上拉满了废旧物品。他在用力蹬着车子,极灵敏地闪过行人车辆,不时扭头瞅着行人中的漂亮姑娘。整个过程中,从他鼓凸着的嘴唇间发出的"曲调"一直没有断。那声音,仿佛有着极强的磁力,一下子就牢牢地吸住了我。

20世纪70年代中后期,因为电影《桥》,那首有口哨伴奏的《游击队之歌》风靡一时。不长的时间里,用口哨吹歌曲,也在我的故乡流行开来。就连刚会说话的小娃娃,也会努起小嘴,发出几声稚嫩的哨响。大人们吹出最多的是《社员都是向阳花》:"社员都是向阳花,花儿朝阳开,花朵磨盘大……"集体在田里干活,或者走在路上,就有人吹着口哨,有人哼唱。这种情景,还经常出现在阡陌乡道、古街陋巷、田间地头、场边树荫、庭院檐下……那时候的很多人,在口哨曲调里,仿佛都成了乐天派。

吹口哨曲的流行,使辛劳困顿的百姓,找到了一种简便易学、轻松自在的娱乐方式,人们也从口哨声中得到了一种抒发情感的途径。吹几声口哨,不仅来神,还能表达出心气儿来。听一个人吹出的声调高低快慢,旁边的人十有八九能猜出他心里面是喜乐还是哀怒。

邻居有个叫黑牛的,脸上有几个凸出的疙瘩,又有红眼边的毛病,老流泪。泪流在疙瘩之间,像山谷里的小河。这个长相,很让老婆不待见,儿女们也躲他远远的。他人长得别样,口哨却吹得一流。他记性好,能将小时候看过的所有的戏记下。那时老戏还没有放开,他却能用口哨将一部戏里的唱腔都吹出来。不少上岁数的人,从他的口哨里过了老戏

瘾。听着他吹戏,乡亲们觉得他一下子就英俊起来,就连爱干净的媳妇们,听起他吹口哨,都愿往跟前凑,仿佛都忘记了他脸上的疙瘩和淌泪的红眼圈。久而久之,早上下地的时候,他要是很响亮地吹起武安落子《借髟髟》,甚至还要学着新媳妇娇嗔的口气,连声对三嫂说道"我是要借要借要借哩,我就是要借花髟髟",就知道夜里没受老婆的气;要是吹起《朝阳沟》里栓宝面对要回城的银环唱的《你要愿走你就走》,气极了还要对着路边的一棵歪脖柳树,又是吐唾沫又是跺脚,直说"你走、你走",那肯定是跟老婆怄气了,十有八九连早饭也没吃到肚子里。

那时,我正上小学四五年级。吹口哨在男同学中很流行。甚至,有不少男孩气的女生也学着吹口哨。春夏时节的晚上,孩子们在家里待不住,满大街跑着玩。有孩子们身影的地方,便会有口哨声飞扬。秋天,在一人多高的庄稼地里割猪草,口哨的声音是找伙伴的好办法。而且,一听口哨声就知道是谁。

考上邢台工业学校读中专后,听到的口哨声就少多了。只是偶尔在傍晚,能听到有同学在操场上散步时吹出的口哨曲。再后来走上工作岗位,就几乎听不到口哨声了。如今,人们的文化生活变得丰富多彩,口哨声黯淡地退出了人们耳际。不管是在城里还是在乡下,已经很难听到口哨吹出的歌曲了……

人们用吹口哨来抒发情怀,由来已久。有关吹口哨的记述,可以追溯到上古时期。在《诗经》时代很多女子都能吹出流利婉转的口哨曲。可以想见,夕阳西下,落红满天的时候,你能够在桑榆树旁,欣然听到悠悠的口哨声,那便是女性发自心底的情怀。她们或"啸歌伤怀,念彼硕人"(《诗经·小雅·白华》),或"有女仳离,条其啸矣"(《诗经·王风·中谷有蓷》),更在"之子归,不我过"时"其啸而歌"(《诗经·召南·江有汜》)。口哨声,排解心间幽怨,自纾着离人胸中郁闷。

三国时期,诸葛亮就喜欢吹口哨,无论是悠闲时还是身处险境,常常会用一曲口哨,来表现超然和镇静;口哨声也在曹植口中响起,嘹亮声中,飘逸着的是"天下才有一石,曹子建独占八斗"之旷世才情;口哨

声也在"竹林七贤"之一的阮籍口中响起,不仅飞扬着狂傲不羁,更将口哨升腾到一种艺术的高度和境界。以至五百多年后的白居易,对那个年代形成并流传下来的口哨音乐的重要流派———苏门长啸,也倍加迷恋,曾写下这样的诗句:"严子垂钓日,苏门长啸时。悠然意自得,意外何人知?"

吹口哨,不用借助任何工具,可谓是一种极为自由的艺术。它体现了人对自然之美由衷的崇尚和追求。口哨它发之于心,响之于口,没有任何修饰、任何配乐。响之于空谷幽兰的口哨声,无异于天然之音、天籁之声。如今,人口密集,山野减少,生活紧张,俗事繁杂,用口哨吹歌儿的人的确是越来越少了。尽管,有些影视剧和文艺演出中也还有口哨曲,但早已经不是原来的口哨声了。尽管,我国也有了口哨协会,但他们的目的是让口哨曲摆脱泥土味而成为少数人的"高雅艺术"。

科技的高速发展,使得当今的人们太容易获得自己想要听的声乐;也许,现实的喧嚣繁闹,使得当今的人们很难舒展地表达自己的情感。但,不管时代如何变化,都改变不了吹口哨——这一人类自娱自乐的本能。我想,凡事淡定、从容、心无挂碍的人,是总会吹起口哨的。

少年的鞭炮

在与太行山连接着的冀南老家,幼年的一个个春节,不是从日历本上翻到的,也不是从大人嘴里听来的,而是从零零星星、断断续续的鞭炮声中感知到的。"叭、叭、叭"的鞭炮响,从零星到密骤,从散兵游骑到集团激战,这才是孩童们心目中春节的脚步。

幼时,我们村前街北头路东,有一家小卖铺,全村唯一,别无分店。不过,那时候叫供销社。往往,过年前一个月左右,供销社常常要购进不少鞭炮。一个大货橱,南头摆的都是鞭炮。我们这些小孩一进门,眼睛就被花花绿绿的鞭炮抓过去了。小手在兜里反复搓着早已磨得晶亮的钢镚儿,不一会儿,就全变成了鞭炮。然后嘻嘻笑着,三步两叉就跑到了院子里。

平常时候,常常记不住哪天赶集。可一进腊月就记住了。特别是腊月二十之后的每个赶集日,都让我格外揪心。父亲在鞭炮摊上转来转去,看的鞭炮不少,可最终拿到他手里的却很少。大多时候只有四把,只够除夕夜、破五、十子、正月十五和正月十六等节日时候燃放。有一次,我看一个小摊上的鞭炮价钱比较合理,就央求父亲多买两把。父亲犹豫了半天,终于狠下心来,但只是把四把长炮换成六七把短炮。

肯定少。

但是,我只有干着急的份儿。

慢慢地,我才知道,要想有更多的鞭炮,必须学会自己动手。一挂鞭炮燃放后,并不是所有的小鞭炮都会炸响。还有一些哑炮。即使炸断了的,里面也还会残存一些火药。

有了这个资源,就要学习自己做鞭炮了。除夕夜,几乎家家户户都

要放炮,噼噼啪啪地,炸得村子到处都嗡嗡乱响。吃了晚饭,我就和其他伙伴们跑出门去,蹲在地上捡没有炸响的鞭炮,而且争前恐后。捡到手,再把火药倒在纸上,找没有完全燃烧的捻子,再找几个空炮筒子,装进去,用木棍捣实了。再点着燃放。可能是手艺问题,往往,这样残缺的鞭炮只会燃烧,不会炸响。尽管如此,我们还是觉得好玩,并且每年都为这件事忙得不亦乐乎。

因为兴奋,除夕夜我总是睡不安生的。一听到鞭炮声心里就发痒。一声声的鞭炮,好像就在耳边炸响,火光在窗棂上一闪一闪地,很灿烂,也很好看,这使我更加兴奋。可夜太黑了,十点以后,鞭炮声就停了下来。我想起来出去捡剩的鞭炮,可又害怕。只能躺在被窝里苦等,等着等着就睡着了。

可能是心情太兴奋了的缘故,大年初一早上我总是醒得特别早。往往,大人还没有起来,我就悄悄坐起来穿好衣裳。要开房门时,父母听到了,不要我出去。我就说急着上厕所。父母也不知道真假,就放我出去了。一出门,我就心急火燎地跑到大街上加入到抢炮的队伍中。这时候,天色还黑,星星还在高远的天幕中俏皮地眨着眼睛。除了村子里的灯火,远处还都是黑黢黢的。

尽管如此,各家院子里早就有了和我一般大小的小伙伴,一个个在昏暗的灯光中蹲着身子,低着脑袋捡鞭炮。

看到别人捡得多,自己才来。心里很懊悔,也很羡慕。每每这时候,我最羡慕,也最不愿意看到的,就是有人故意举着满手捡来的鞭炮,冲我炫耀。那神情,好像期末考试得了两个一百分一样,气得我恨不得过去夺过来。

这时候,深胡同里又传来了噼噼啪啪声。我们一阵兴奋,窜起身子就朝胡同里跑。

胡同里有个吃水井,打水时候总是有漏掉的水,夜里冷,浮水就结了冰。跑在前面的一个小伙伴滑倒了,跟着的人,也稀里哗啦趴下一大串。可一爬起来,连灰土都顾不上拍一下就继续跑。可还没跑几步,鞭炮

声就没了。

那个胡同里有四户人家，一时间搞不清刚才是哪家放的鞭炮。没处撒气，我们就纷纷追骂起第一个摔跤的人，说他是"罪魁祸首"。还没有骂够，胡同外一家人，又在放鞭炮了。我们丢了"罪魁祸首"，兔子一样，转身就朝目的地跑去。推开街门，我们围住那片还冒着火星的鞭炮皮屑。有用脚搓的，有用手扒的，低着头，生怕遗漏了任何一个没有燃放过的鞭炮。

几乎每年此时，小伙伴们就盼望着每家的鞭炮，一个个按着顺序放，我们好一家一家去捡。可，常常事与愿违。有时，大人们就像赶点似的，要放都放，鞭炮声机关枪般地响成一片。我们往往是正要赶往这一家，身后近处的那一家又响了，扭转头要去，旁边一家的院子里却噼啪炸开了。一时不知去哪家才好，好不气恼。劈头冲进去的一家，偏偏鞭炮响得齐整，地下没几个断捻的鞭炮可捡。心想着前面那家放的鞭炮断捻炮一定很多。可不知道让哪一伙小子捡了便宜。

天微微亮时，鞭炮声也从稠密变成零落，我们也跑累了。棉袄和棉裤兜里也都鼓囊囊的了。这时，大街上人来人往，都是去拜年的。我们这些小伙伴们最在意的，是人流中的新媳妇。看到新媳妇，我们手里的鞭炮就起到了应有的作用，找出几个还露着捻儿的，躲在门道里，等新媳妇走过来了，点着扔过去，新媳妇吓得捂着耳朵往后躲。要是再放一枚鞭炮，新媳妇可就要蹦起来喊娘了。

清明时节雨

杜牧诗中的"清明时节雨纷纷"，很多时候，是在清明节的冀南田野难以看到的。往往清明节时，冀南多的是风起云散、土地干旱；春雨当然比油还贵上几十倍；"路上行人欲断魂"也不能概括每一个扫墓人。更多的人，只是遵循着一种古老的亲情，并被这种人间情意所牵引，也被周边人——传统习俗的那种氛围所影响。

冀南农村，称清明节前一天为寒食节，多数人会选择在这一天为逝去的亲人扫墓。

故乡人不过盂兰节，能提起这个节日的，除了读书人外，一辈子冲地球发脾气的庄稼人是说不出来的。他们认为清明节就是阎王下令打开阴间大门，让那些常年不见天日的鬼魂走出来，在人世间游荡，直到阴历十月初一才统统收回来。这也是为什么人们自觉遵守清明早上坟、十月一迟一点的因由。

人们在这两个时节都要备上金银衣纸之类，上坟拜祭自己的祖先。过去不少人家还带去一些菜肴、酒、饭等祭品，现在却很少了。

清明节是萦绕在人们心中的一个朴素的情结。在远古，人们相信天地之间除了人，还有神灵；也相信，人是有灵魂的，而且不灭，尽管肉身会消失；更相信，每一个人只要生出来，不管以哪种方式存在，就是永恒的了。

我父母亲还在世时，每年清明节，母亲总不让我回家。说这个时候回家来，是看死人的，不吉利，对老人都不好。所以，我回老家总要错开清明节。

这个时节，心中也会因日历中的"清明"两个字，生发出一些对先祖

的遥想和对爷爷奶奶的思念。甚至,还有一种隐隐的预感。尽管这一天是我不情愿的,但它还是变为了冷酷的现实。父亲母亲去世后第一个清明节,回家路上,就又多了一个欲断魂的人。

车一出城区,我就流泪了,想哭,父母真的去了,离开了我们这些儿女们。所幸,父母直到去世之前,身体一直很好,还种着地,力气比我还大。可是,他们却没有熬过时间对人的消耗和杀戮。

因为受传统习俗影响,老远看到父母的坟茔,就仿佛看到行走在奈何桥上的父母。那一刻,我只想伸长臂膀,挡住二老前行的脚步,哪怕与恶鬼拼个死活。更想举起铁锹,救父母于黄泉……那一刻,我心是空的,还无法接受已是现实的现实。我愤懑地想,父母为什么舍得离开人间,到乌有的地方去?恍惚中,即使再微妙的声响,也觉得像是父母的脚步声,向我走来。目光迷离,看到阡陌上的行人,就觉得每一个人都很亲切。直想大声呼喊爹娘。

第二年清明节,我仍旧觉得心堵;第三年依然是。如今,已经有十年了,父母的离开成了我心中最大的梦魇和疼痛。潜意识一直觉得,父母还在身边,一刻都不曾离开。

每次在他们坟前,我都想把自己心里高兴的事和烦恼的事儿,以及关心的话儿,说给他们听。伴随着的,是一张张轻轻燃烧的纸钱。

清明节是祖祖辈辈流传下来感念逝去的亲人的日子。对待它,祖祖辈辈的人都有着宗教般的虔诚。尽管故乡少雨,但却也能够在清明节里感受到一份浓浓的亲情。尤其是跪在爹娘的坟墓前,就像佛教徒面对佛祖一般。思念、忏悔、祈佑……让心与心毫无顾忌地交流,即使儿女们的哭声也不总是悲腔。每当此时,总会感觉到,父母温暖的目光,是治愈儿女们心灵伤痛的神丹妙药;亲人静穆的倾听,是对命运多舛、疲惫纠结的生者最好的安慰。

乡间大管事

故乡冀南靠近黄河流域，靠南偏北，但也受儒教文化影响较深。尤其是农村，婚丧是人生的两件大事，格外被重视。这两件事儿中的礼数、讲究颇多，几乎每一个环节，都有约定俗成的"程序""过场"，一般人很难弄清楚。那些"程序""过场"虽不像政府和企业的规章制度那样细致严格，但要执行起来，因牵涉方面多，人多嘴杂，又事无巨细，很不容易。起先，其实也像某些帮派的帮规一样，制定规矩，主要目的是用来约束人，按既定方式办事。省得事到急处，闹得意见不一致，成为僵局。

人们觉得，唯有老辈子的定下的规矩，才能压得住阵，服得了人。通常的情况是，一旦有了红白喜事，就找一个在本地威望高的、办事公允的人，充当大管事，来主持这一揽子的事儿。

在处理国事上，古代有宰相，今天有总理。甭管叫啥，都是事情上的主管。普通百姓家里，虽然没有一个国家的事多，平平常常过日子，老和尚的帽子——平布邋遢，但有时候也颇为细碎麻烦，为难程度不亚于某些国家大事。

往往，在红白事儿中，会出些意外枝节。俗称出事儿和有事儿了。所谓的出事，一般是指大事儿，和人命有关，最小的，也和人的肉身有关，如身体某个部位出现了大问题，胳膊断了、腿折了之类的。有事儿，是指做事时候不认真、不尽心，惹了麻烦，还连累了家人或其他亲戚。还有一种，是在红白事儿当中找事儿，就是找碴儿，轻的骂人，重的搅扰，影响整个大事儿进行。

人们可以几十年没事，可一过就是这两件大事了。凡是大事，就不再是一个人或一家子的事情。每当这时候，与生俱来和长年累月联结的

人情网,在这两件事上就要水花四荡了。所有的事儿都是人事儿,所谓过事儿,是指一家人力量不足够,就得请人、用人。

对红白事儿,再不讲究的人,也觉得不能马虎。人们固执地认为,要是这两件事做不好,不仅自己一辈子心里是个"病",好像老天爷也在头顶上看着,做不好就会有不好的报应。即使不是自己,也可能是子孙。人总是爱孩子胜过爱父母。所以,人都害怕在这两件事上出差错,让人戳脊梁骨,连累了自己的亲人。这时候,大管事的就派上了用场,而且担当了很大的责任。

婚事上新郎是最大的官,白事上死者为尊。但只是一个名分,要使得这些事操办过程顺利,必须依赖大管事。新郎官是活人,而逝者没有知觉,任人摆布。一般而言,新郎官有嘴,但说出的话不顶事;死者再尊也不能发半句号令。真正的"大官",还是大管事的。他们只要一到,事主的身份再高,再有本事,也得靠边站,一切听从大管事的安排。听老辈人说,从前的时候,不管是谁家里,父母一断气,就要请来大管事。大管事一到,孝子们都要将自己家里的房契地契装在一个盒子里,交到大管事手中。只要能够把大人的丧事处理好,钱凑不够的话,卖房卖地也听大管事的。

可大管事的并不是随便哪个人就能当得了。大管事必须熟通乡间理道、德高望重、组织协调、指挥能力强、能说会道。按照村里人的说法:没有三搓搓、两刷刷,是当不到"大管事"的。一旦你"三搓搓、两刷刷"的本事得到了大家的认可,谁家有了红白事都愿意请你,那你"大管事"的范围,往往就不是一户人家了,也可能是一大家族,甚至一个村庄、一个城镇了。眼下,我们冀南小县城沙河,在红事上就有"金牌总管车马路"的称谓。"车马路"指的是三个人,一个是退休多年的老干部车时景,一个是当过民政局长的马艾魁,一个是建筑公司经理路会军。但凡他们到场,主人便觉得很放心。不管事主的心七上八下,头懵得无所适从,只要对这个管事的说清楚自家有多少亲戚和外面能来多少人,大管事的心里就有了谱。尤其是在村里,乡里乡亲的,你的家底不用说管事的也知

道。大管事的便会从大的理道说起，直到要找多少人帮忙，要准备多少吃的喝的和用的，一项项说得清清白白，且几无偏差。

红事由人，从恋爱到订婚，战线也长，都是自个儿的事，顶多加个媒人。结婚生子，就像树木滋权吐叶开花结果，总是在往前看，给人的都是开心和愉悦的事儿。因此，过红事儿，图的就是一个喜庆，即使有不喜庆的人和事，也要先搁到一边。老车爱喝酒，头些天，要过红事的人便将他请过来，吃两顿饭喝几瓶酒，他就把整个事给布置好了。他会和你一起，将要办的事儿一件件地捋出来，把能找来帮忙的人数出来。然后，根据这些人的特长，分开组，再确定各组的领头儿，做到人尽其长，物尽其用。

在各组人员安排上，大管事还会考虑和照顾到同族里的长辈儿。年岁大的，即使挂个名，也要安排到组里去，不要他们有冷落感。待安排妥当，就会让事主安排酒席，把帮忙的人请过来，边吃边喝边把婚礼的具体时间、各组的领头和人员安排落实下去。这顿酒席是和婚宴那天一样的，也借着这个机会让来人先品评一下，不对口的再作调整。

冀南人把这顿酒席称作尝菜。现在讲究节约了，很多人就把尝菜给省略了，即使有也只是各组领头的人参加。只要你喝了这杯酒，事儿就落在了自个儿头上。为了更严谨、牢靠，大管事还会让人把详细安排打印出来，张贴在院内或街门口。这样，不仅在场的人清楚自己要干的事情，就连后边赶过来的人，不用问就知道自己要干啥、该干啥。到了那一天，每个人按角色出场，随着鼓板、节奏就会唱出一台热热闹闹、皆大欢喜的好戏。

且不说起轿下轿时间、行走路线、车辆和宴席安排、拜天地、婚礼主持连带彩礼、改口礼、嫁妆礼、蒙头红礼、门帘钉礼、摩托车轿车钥匙礼钱、认亲偷富贵等男女双方家长提前沟通好的事项；即使双方事前对某个事项有分歧，想在婚礼前小题大做，大管事的这边压压，那边劝劝，大都会化险为夷了；有时候，在差距不大的礼钱争执中，即使大管事自己掏腰包也会把事态平息了。

这个时候,管事的一时会落得"猪八戒照镜子,里外不是人"。事后,男女双方都会从内心感激管事的一番好心,小两口更是一辈子都记在心里。摆布喜宴是婚礼上的重头戏,大管事自然唱主角。在这场面上,对男方来说,女方的家人就是天,要好生招待,不能留下礼数不周的话柄;女方家里主事,就得让男方家里来的人满意。比如在安排座次上,最要紧的是不要让大家坐乱了,要按照长幼尊卑的顺序和当地的婚姻习俗来排定座次。这样一来,既能体现对宾客的尊敬,又体现出中华民族尊敬长辈和热情好客的传统美德。

婚礼上面,马艾魁还会操着老家的地方普通话,用大到嗓子发哑的力气,致贺词或当证婚人,幽默风趣,往往能博得满场人笑声一片。

红事是发,是欢,是闹。白事便是收,是安,是悲喜交加。收,就是从树榽上生出的枝条,甭管你上面结了多少果,伸了多长,都要拢回到老榽跟前。死,只是一次生命状态的改变,在族脉中是没有死亡概念的。这就像整个民族文化的发展,只是完成属于你那个时段上的使命。否则,人们就不会再为光宗耀祖去打拼了。安,就是让逝者去得安然,用儿女们的盛情、追思、祈念、和融及内心的励志来弥补心中的缺憾。说白了,就是要让死者瞑目。有憾而离世不得而终,有儿孙满堂寿终正寝,过白事上就有了悲喜交加的场景。

白事不像红事,管事的只操心一天半天便完事,而是从人一断气开始,直到入土,少则三天五天,多则七天九天。

把管事的请过来了,先要把出丧的时间确定下来。亲戚多少,再数数上辈近年过去的人啥时候出丧的,算算有没有重丧。按照当地冷天热天里停丧的天数,犯七、犯八的一定要错开,不然不吉利。出丧的那天定下了后,就开始找人写引状。引状就是报丧单子,写好后,让家里孝子外的小辈儿给亲戚们送去。接下来,就是给亲戚们扯孝帽和孝衣了。亲戚们有近有远,扯的尺寸也不一样。数当闺女的扯的布多,孝帽、孝衣、孝裤、鞋面都应当有,叫全孝。出嫁的侄女和孙女就少一些。现在人家看那几尺白布不是啥东西,在过去人们看得很重。事上是孝衣,事后就可以

当衬衣、衣裳里子、衣兜或用来缝缝补补。

在白事上，管事的不仅要按照当地的规矩操办，还得打听好本家他们的事上是怎么走的，不能离了辙。

凡是过事儿，就得找人来攒忙。白事好说，找谁谁到，不能讲条件。就是平时不怎么对眼的，觉得你哪一项事能干，也会找来，来了还得用心。在这里，应的是"日头从谁门前都过"这句老话。找来攒忙的人定了，管事的就会按着各人的长处，依着事项分好小组，贴到街门口。晚上就会把这些人请过来，吃顿饭，很多人家还要上酒。在饭桌上，管事的就把分工明确下来。

停丧天数多的，管事的和攒忙的人要等到出丧头一天才过来。我们那儿，需要头一天亲戚们到齐之后再往外移灵。就是把棺材抬到大街上的灵棚里面。其他的村子，则把老人成殓后，放在棺材里，棺材也就一直放在屋里冲门口的地方。到了晚上，挺热闹，要不是灵棚和跟前的花圈，还会让人觉得是文艺会演呢。有的闺女，要花钱请吹唱班子；家里条件好的，孝子们也会请戏班子。有时四五班子摽着劲儿表现本事，惹得周围的人一阵阵喝彩。

"豪宅大院是旅店，荒草野岗是家园。"故乡人爱这么说。在这一刻，村里的大人小孩都好像参懂了这句话一般，连孝子孝女们都把父母的离去当成了平常事。并用办喜事似的方式，从店舍里提前把自己的亲人接出来，让他们高高兴兴去到那个他们日后也要去的那个"家园"。

而这一切，都是管事的事前都安排好了的。

故乡人说话直白。书上叫出丧也好，叫出殡也好，觉得那都是外面人的叫法，村上就叫埋人。这天管事的最操心，为了把人埋得安妥，常常是既要当黑脸老包，又要当红脸关公。

出问题最多的是孝子们平时不和，往往容易在人多的时候起争执。也不为别的，就是嫌父母在世时有偏向，当媳妇的还会煞有介事地指桑骂槐。兄弟姐妹间怒目相向，把老子扔到一边不管。这个时候，管事的就得当黑脸老包，站在他们中间，大声呵斥，往往把话说得很难听；辈分大

的还大声喝骂。他们爱说的话是，甭管你们之间有多大的矛盾，哪怕日后拼刀子，今天在埋老人的事上，谁也不能闹，再闹就让所有管事和攒忙的人都走，你们好好理论理论。末了这句话最压人。管事的说到这儿，兄弟姐妹们就得安分了，哭声里面多了对父母的想念。

唱红脸，一个是唱给后代，一个是唱给攒忙的人。这里的后代不是指死者的儿孙小辈儿，而是遗孀的娘家人。亲戚们的祭上齐了，连攒忙的人都吃了晌午饭，响器班子也唱得累了，就该起灵了。起灵，还得让后代过来撕灵，也就是撕几条挽联。孝子们得在一个吹唢呐人的带领下，到席面上请后代。请了还不来，就有了问题。是后代在埋怨外甥的对爹娘不孝顺，借此给闹个败兴。闹就闹了，有的后代"搬"不动，长时间不过来，让所有的人都等着。管事的就得过去，大骂儿孙们不孝，这样给他们难看还轻呢，换了我到天黑也不过去。说完，还拿着沉住气的阵势，拉过凳子，仿佛要真的陪后代坐到天黑似的。这个激将法很见效，后代中马上就有年长的说话了，再怎么着，也不能和孩子们一般见识，让死去的老子不安生。随后，就有人出来撕灵了。灵一撕，咚咚咚三声炮，攒忙的人就涌进灵棚，七手八脚把棺材抬了出来，捆在两个长条凳子和抬杠上面。现在用拖拉机的多，这个场面见得也少了。

对前来攒忙的人，大都得唱红脸。有的死者生前在乡邻中间没积什么好德，儿孙们中又有不懂话的，给别人出过不说理的事儿。碰到了，攒忙的有人心里别扭。管事的怕出力的时候心不齐，就得给大家伙赔好话，说："他们大人孩子不懂话，这会儿都怨到我头上，就当是在埋俺老子，大家都加把劲儿，算看得起我。"听到管事的这么说，心里有气的，也会说上一句"不给他们一般见识"，该干啥就干啥去了。

路会军今年五十多岁，在村上管事都三十多个年头了。有一小学同学，姓王，生产队那阵儿，他爹在章村煤矿当工人，他娘曾在村里当过妇女主任，挺吃强，背后惹来了不少人吐唾沫星子。邻居孩子曾经最羡慕的，就是过年时他能从父母那里得到几张新崭崭能割耳朵的压岁钱。他娘去世后，就连本家平常爱管事的，也不愿意过来。就以外姓人瓜葛少

为理由,让把路会军找了来。

路会军觉得人死了,啥事再计较就没了意思。他一过来,就撂给当儿女的一句话:你们也清楚你娘过去的为人,乡亲们过来攒忙是给你们面子,要知趣。话说的难听,家里人和乡亲们都听得懂。还好,儿女们倒没有起磕绊,可老天却给了脸色。那天,起灵后,"哐当"一声,大孝子刚刚摔碎老盆,突然平地风起,乌云翻飞,豆大的雨点劈头盖脸就下来了。场面顿时慌乱起来,有人想找地方避避雨。路会军这时候大喊起来,不能走,雨再大也不能等。边喊边奔到棺材前面,端住一根抬杠,狭腰搁到了肩上,大声催促着身边的人赶紧抬起来走。

他这样一带头,跟前的人一阵呼喊,棺材就抬起来了,整个出丧的人群冒着大雨向坟地走去。按村里的讲究说,一起灵,死人就算在阴间道上上路了。一停,他就会对阳间产生留恋,对活着的人不吉利。所以,坟地再远棺材也不能中途落地。杠子一上肩,直到坟头,就不能停歇了。过去家里东西少,怕尸体在棺材里面晃荡,要填塞几块土坯进去。有的棺材是用湿木头新打的,本身就挺重。抬棺的人都得好劳力,路远了就得几班人轮流着抬。

夏天气味大,有的还流出了腐水,虽然洒了酒,但仍呛得人头懵恶心。何况从村里到坟地,还有爬坡下岭的。这里还有一个邪乎劲儿,抬棺的人用力稍稍不平衡,整个重量就会压向一个人。因为有这么多不容易的事儿,如何让棺材顺利到达坟地,每一个管事的心都揪得很。又顶着大雨,路会军就没敢把杠头让人替一下。在上一个红土坡时,几个人脚下打滑,膝盖都跪到了泥水里,众人也没有把棺材搁到地上。

让人哭笑不得的是,老天竟会开玩笑了。大家拖着一身雨水和疲惫,刚把棺材下葬埋好,突然之间,雨停云散,艳阳高照。路会军来到坟头,猛跺几脚,大声骂道:"你这个不是人的东西,活着时给人使坏,死了还要摆治摆治乡亲们,你到了那边,不下油锅才怪,下辈子让你转头驴,来给乡亲们拉磨。"他这么一说,攒忙人的怨气,一下子就释放了很多。

常言道:过事儿就是过"事儿"(磕绊),不管红事和白事,凡事皆有

难解的事儿。也正因为大管事的有了法官的威严，消防队员的灭火及时，调解的圆活，很好地利用了过红白事需要用人的契机，巧妙化解弟兄、叔伯、亲戚、邻里之间的矛盾。他们会让事主把脸面拉下来，先开一下口，先迈几步路，下个低等，去请平日间闹过别扭的人来帮忙。每逢这个时候，除非有"深仇大恨"，否则都会借坡下驴收下这份情意的。人一过来，过去的记恨就烟消云散了，两家人也就走活了。遇到了犟脾气的，管事的压着马头强迫事主必须这样做。他们这样做的目的，就是要让活人欢，去者安。

不管在什么年代，各家的经济条件都是有好有差，但在红白事上，大管事的想办好的心情是一样的。事办得好不好，亲朋乡亲们有自己的评判标准。能够在众人口中被称作金牌"总管"，是因为他们心里总竖着一把尺子，那就是根据事主的家庭条件和社会关系，把场面安排到适宜的程度。虽然乡下人爱说"吃饭穿衣看家底儿"，但大管事的对条件好的人家，也不让你办得太铺张；条件差的，也能体面地把事儿办下来。现在不少村里成立了红白理事会，规定了全村人家都能接受的操办标准，条件好赖，门楼高低同样办。

马艾魁村上有一个光棍汉，半路上得了个媳妇。他连自己吃的都没有，招待亲戚当然有困难，因此不想惊动人。马艾魁觉得越是他这样的人，越值得庆贺。因为，他在家族里辈分大，就派近门儿条件好的，带酒菜过来。这场婚礼，可谓百家饭，办得也热闹。过了好多年，乡亲们都还记得。

斜阳中的茉莉

一

冀南和很多地方一样,殡葬以搭灵堂为主,四周饰以白布,并扎纸人、纸马和花圈等来烧,另外还要打幡、撒纸钱。出殡,大都要等到亲戚和攒忙的人吃了中午饭才开始。这时,太阳已经西斜了好一阵子。

二三十年前,人们在田间经常会看到这样的一幅场景:锣鼓唢呐越来越响。接着,一队长长的出殡人群从村里走了出来。弯曲的乡间道路上,立刻变得尘土飞扬。弥漫中,最先晃动出的,是手持纸扎和花圈的孩子。此刻,他们的身影仿佛成了能跑步的花枝。纸扎和花圈,更像一丛丛会跑步的茉莉,在斜阳下飞扬在故乡深褐色的或平坦或崎岖的纵横阡陌上。

春天风高尘浓,夏日骄阳似火,秋雨绵绵路泥泞,冰雪皑皑万物静。虽然茉莉花开得短暂,但这样的花开,在村庄和阡陌小道上从来没有间断过;也正是这样的花开,陪伴着一个个如泥土般质朴厚实的生命之花的最终凋谢。

逝者下葬后,纸扎和花圈都会点火焚烧,保佑逝者在阴间免遭苦难。回到家里,管事的会给举纸扎和花圈的孩童一份谢礼。条件好的家庭,除了谢礼,还把孩子们留下来吃饭。

二

坡岗上,青草中的故乡人,爱说的一句话是"美宅豪舍是旅店,荒草野地是家园"。生老病死,也就是旦夕阴晴变化般的平常。在故乡,除了

少年夭亡，人们总是把丧事办得喜事一样的热闹。因为少丧的人，对家庭还没有尽责尽孝，不值得在他们的丧事上劳心。而对于上了年纪的人过世，就直接称为喜丧，曾孙以下孝帽都是蓝、红、黄的。

通常，出殡的前一天下午，就要在大街上搭好灵棚。傍晚时，盛殓死者的棺材就要从家里移进去。灵棚有外屋和内屋，中间一道白布隔开。前面挂吊挂，设牌位。还要放纸扎，有马车、童男童女、金斗、银头仙鹤、背楼等。后面停放着棺木，男左女右坐在棺边干草上守灵。灵棚前面两旁是花圈，有的在棚棍端挂着，有的在地下摆放着。闺女、儿媳、出嫁的孙女不仅要备上面食祭品，至少要做一个花圈。大闺女，还要负责纸扎。纸扎中的童男童女和背篓，大都专门找人来做，一般不自己做，嫌难看。军烈属家庭的，公社和村里各给送一个花圈；在外面当干部的，单位里也送花圈过来。

丧事上多的是力气活。打墓坑、抬棺材、接送亲戚、迎折祭品等，小孩子们基本插不上手。举纸扎的东西和花圈，大人干就很窝工，小孩子们正好举得动。现在，很多人家都是用三马车一块拉到坟上。那年头，举花圈多的送葬队伍长，显示着主家人气兴旺。大人们互相帮忙，是邻里之间你来我往的礼道和情谊。孩子们举花圈，虽然功夫不大，也不能白出力气，何况又是在大人心目中带晦气的丧事。于是，一两毛钱，就成了长辈给孩子们去晦气的利市。大人攒忙，给的是白布块儿和卷烟。

久而久之，举花圈成了孩子们的专利，再穷的年代，也很少有大人和孩子们争抢；尽管一两毛钱也是个钱，要是哪个大人去跟孩子们抢，十有八九是神经上有了问题。村里，曾经有三个大人跟孩子们争：一个是看到女人就吽吽喊，一个是一只眼看不见东西好久都讨不上媳妇，一个是半夜在灵棚替人当孝子只为一碗剩面条。孩子们过来，顶紧要的就是看看跟前有没有这三个人。大人们也常常出手，把他们撵得远远的。

管事的，倒给他们留着一件给钱更多的事情。那就是提遗饭篮子。人死后要在家里放几天，头前边供放着一只碗，儿女吃饭前，都要先往

碗里夹两筷子，当作"遗饭"，停丧期满那只碗就夹满了饭。远处也有叫"馅食罐子"或"遗饭钵"的。出殡时，多数人家会找一只竹篮子，把路上要撒的纸钱、打狗的饼子，连同那碗"遗饭"等物什一同放到篮子中，篮子就叫"遗饭篮"。提篮子的人得走在棺材前面，连手里的东西一齐送到坟上，能得到五毛钱的谢礼。

不少孩子眼热，也想提。管事的不让。是遗饭放的时间长了，尤其是夏天，都变了味，苍蝇乱飞，怕呛着了孩子。

三

村里一家在办丧事。逝者后代（故乡人对成婚后女方家人称呼）里的长者，神情严肃地来到灵棚前面，随便撕下几条挽联，就标志着可以起灵了。这人的脚步刚刚离开灵棚几步，身后围观的人群"轰"的一下，扑向摆着和挂着的花圈和桌上的顶灵供品。大人和女孩子们，争前恐后地撕拽好看的花瓣和插花，好拿回家给小孩子玩，有不少人还将颜色红艳的花，挂到墙上当装饰品。那时，到邻居家里，常常能够看到正门或炕上的墙壁上挂着这些纸花。有的纸已经有些发黄了，还挂在那里。过去好多天了，在街头还能看到小女孩手里在玩这些花。几个小男孩钻在人群里面，倒成了一个个坚强的护花使者，任她们怎么撕抢，只管死死抓牢花圈上的硬支架不放，有时还会被拥挤的人群压倒。

小伙伴们会按照过来的迟早，依次将花圈等占到自己的名下。接着就站在不远处看，一有小男孩走近，就赶紧过去说自己占下了。大多数孩子们听说有主了，就走开了，只怪自个儿来得迟。也有脾气孬的，硬跟别人抢。到这时候抢拳头动腿脚的事情都会发生，好在有恁多大人在场，马上就有人劝架的。即使发孬孩子的爹娘在场，也不会护短的，反而用更大的嗓门在骂："小兔崽子，给人使啥赖？快滚到一边去。"有的大人还会抡起胳膊，拿出扇巴掌的阵势。旁边人赶紧说："小孩子家，有啥呢？"前边那个小伙伴，早忘了疼，只为花圈还是自己的而高兴呢。

人群很快就散开了。接着就响起了一阵嘈杂急促的脚步声，孝儿孝

女们从灵棚里面出来，男前女后一字排开，朝着灵棚跪在地上。一二十个年轻人将棺材从灵棚里抬出来，用大绳绑在两个长板凳上面。绑好后，插进抬杠，看看是否平稳。孝子摔碎老盆锅子，放三声铁炮，送殡的人就放声痛哭，哀天动地。孝子打着引魂杆子，拄着哀杖棍子，由两个亲戚挽着往前走。

此刻，走在最前面的小伙伴们，抓在手里的花圈，除了全是白纸糊的马鹤外，大都残缺不全仅剩了框架。花圈到手的小伙伴们，往往不等孝子们排好队棺材抬起来，就急着往坟上跑，管事的就用了大嗓子，喊着不跟着大队走就不给钱。但很多时候，他们更操心矛盾重的孝子妯娌借机使性子，让丧事办得不顺利。

小伙伴们在出丧的队伍前头，规规矩矩地举着花圈，走得并不安生。刚开始，小伙伴们还觉得威武，一街两行人中间走过，倒也挺雄赳赳气昂昂。但是，举过几次，就没有了耐性，顶多在村里，还能做出些样子。一出村子，一个个撒腿就跑，早早就赶到坟上，或踩着，或坐着，或掂着花圈，直到死者下葬，孝子们往回走时，从管事儿的手里拿到一毛钱后，才肯把花圈交出手。

大人们把几乎散架的花圈等堆到一起点火燃烧，随着一缕缕青烟，纸扎和花圈，便开始了伴随着一颗在天际陨落的流星，在天国中共度万水千山的漫漫旅程。

四

曾经的一毛钱，在孩子们手上，是一笔大钱。生产队时期，大人干一天的工分，也就两三毛钱。有一年，村里九队年底结算，一个工分才九分钱。那时候，家里都困难，平时大人不会给孩子们零花钱，过年的压岁钱也不过一两毛钱。不少爷爷奶奶、老爷老娘直到去世，给孙儿外甥的压岁钱，很少有超过两毛钱的。一毛钱可以买十个糖果，买两根带橡皮的铅笔，再凑两分钱就可买一本小画书、一盒彩蜡笔……

难隔一两个月，村上就有搭棚埋人的。这就意味着小伙伴们每年都

有十来次举花圈的机会。虽然不能每次都轮上，有个三次五次，合计起来，收的钱就是一个大数目。这是小伙伴们的私房钱，大人无论如何是不会要去的。那年头，很多小伙伴的字典、故事书、泥人、乒乓球、铅笔盒、糖果和过年放的鞭炮，都是用这个钱买的。

正因为这样，一听说谁家死了人，小伙伴心里就蹦开了兔子。先打听是不是老人，要是老人，就有几分开心。村上，只有中年以上的人过世后，才搭灵棚办丧事，才有亲戚送花圈。要是死者岁数老、户家大、亲戚多，那就更热闹了，因为，亲戚多，花圈也多，抢到手里的机会就多。再打听是排几埋。根据死者亲戚的多少，停丧有五天、七天。出丧这天不能逢七逢八，不吉利，还要往后延。不管哪天，当天都要定下来。小伙伴们知道后，就掰着手指头算是不是星期天。要正好是星期天，那可就高兴得要跳起来了。

不是星期天，小伙伴们最常使用的办法是装病。有的一大早就让大人到学校去给老师请假；有的是多半晌后，会突然喊肚子疼，要求到小药铺看医生；农忙时，跟着大人在地里干活，也会使这个法子。当爹的和男老师，都会很爽快地答应，甚至还会朝他们发出会心的一笑。这个办法在他们眼里，既幼稚又老套，只是不能说透。女老师纳闷，为什么到了这天男孩子身上的毛病就突然多了？也有不管不顾的男孩，一到时候，就往灵棚跟前跑。

我也有这样的一次经历，至今印象极深，是村里外来落户的铁匠赵庆的去世。埋他的那天，我一大早就赶过去，站到灵棚上挂着的一个花圈下面，连早饭都没敢回家吃。爹在那里帮忙，给了半个卷子吃。有小孩子过来抢，看到爹在就罢手了。我把花圈顺利举到了坟上，并得到了一毛钱。我还记得，赵庆的坟头在村西南一面岭坡跟前，朝东南。时值初冬时分，小麦刚出苗，绿生生的。坟头西北一个小土坡儿上长了几棵梧桐树，上面还有老鸹在叫唤。赵庆的没有儿子，由一个外甥跟着，并为他送了葬。我用那钱买了本《红灯记》小画书，都过了抢着举花圈的年龄，小画书还保存着。

五

随着时代变迁,现在的农村丧礼上,已经没有几个孩子乐意抢着举花圈了。花圈、供品上的花,也都精美多了。头天摆放出来,到第二天起灵,只要风不撕、雨不打,不用看着,一准没有人会摘掉半片儿。纸扎、花圈比过去还多,也还需要送到坟上焚烧;每件的谢礼已经从一毛两毛涨到一块两块,却也吸引不了孩子们;有的村有的人刻意找来孩子们,举着花圈显排场,孩子们也仅仅是举到村边,丢下就跑了。

于是,大人不得不干当年孩子们抢着干的事儿,一两辆车子,从灵棚前或村边,将花美色艳完好无损,甚至还没有打开盒子的纸扎、花圈拉到坟上一烧了之。

于是,从草衰叶落到来年风暖枝绿,乡村的田野上一片静寂,斜阳下面,会跑步的茉莉花飘落了,颜色和味道,成了越来越远的时光记忆。

只有那个提遗饭篮子的角色,至今还没有改变。

曾经皮牛飞转

　　小学大门口往南,是五队的打麦场。麦收和秋收时,有专人看管,进口堵着厚厚的圪针。打完场,体育课就在那里上,课余时间更是同学们玩闹的乐园。打皮牛,是小伙伴们玩得最多的活动。可以和别人一块儿玩,不高兴了还可以自己玩。鞭梢的声声脆响和皮牛的飞旋跳跃,给我们的童年带来了不尽的快乐。

　　打皮牛,是故乡人对这种游戏的称呼,通用名该是抽陀螺。明代刘侗、于奕正合撰的《帝京景物略》一书中有一首民谣:"杨柳儿青,放空钟;杨柳儿活,抽陀螺;杨柳儿死,踢毽子……"那时的儿童玩打陀螺,是春天的一项流行活动。可是,在我的童年记忆中,它是男孩子们一年四季经常不断的玩趣。踢毽子,则多是女孩子们的事情。

　　孩子们爱玩什么,也像植物身上的骨节一样,到了滋权开花的时令,捂也捂不住。一年级时只知道撵着大孩子瞎跑;二年级的时候就自己推铁圈了;从三年级开始,就喜欢自己琢磨着玩了。有一年冬天,同班级的小伙伴突然就对皮牛格外着迷了起来。

　　皮牛做起来很简单,都是就地取材。就一小段圆木头,一头削尖,钉一个排子车或自行车轴上不用的铁珠子就行了。鞭子更好说了,一截木棍绑一根结实些的布条就成。

　　村北就是大沙河,有二三里远。紧挨着村庄,是沙河流往洺河的一条支流。那时,河里一年四季水流不断。村边是一道长满荆棘的沙丘,过了沙丘直到河边,便是一片宽宽的长满杨柳和榆槐的树林。只需一袋烟的工夫,去到那里便可找来一截树枝。父亲和哥哥们都乐于帮忙,嚓嚓几锯,梆梆几斧头就成了。不少都是我们自己亲手制作的,还用红蓝墨

水或蜡笔,在皮牛的身和脸上涂上自己喜欢的颜色或图案。

那时,只要下课铃声一响,老师嘴里一句"下课"还没说完整,地下就响起一阵桌凳碰撞发出的噼里啪啦声。男孩子们手里都攥着一把小鞭子,握紧兜里的皮牛,一窝蜂地冲出教室奔向麦场。

到场上之后,就三五一伙地分开了,一个个从兜里掏出皮牛,用两只手在地面上拨转开,就赶紧用鞭子抽打,稍慢些,皮牛就摇身晃脑,你要是不加快速度紧打鞭子,一下子就趴到地上了。皮牛打得好不好,关键就是看它旋转的时间长不长。玩的时间一长,不少小伙伴就打出了水平,能让皮牛爬坡,再从高处往低处跌,跌下来后仍保持旋转。夏天从水洼里过"沼泽",冬天在雪堆上爬"雪山",平时则松土地上当"沙漠"过,真是四季开花,乐此不疲。

班里的大个子叫老黑军,他爹是赶马车的。那个年代,马车是农村很重要、很排场的交通运输工具。谁家里婚丧嫁娶、盖房起屋,能用上生产队高骡骏马驾辕的大马车,那可比现在能找到大奔驰的人家还露脸。只此,老黑军不仅个子高,同学老师也都高看他。刚开始,同学们喜欢老黑军,是想扒扒他爹的马车角而不被赶下来。但在这个时候,则是老黑军手里的旧鞭梢。

小伙伴们在打皮牛时,总不满足。有想弄出些声响来的,都发现声响的大小,全在鞭梢上。布条子再结实,打出的是噗噗声;皮鞭子要是没有梢,发出的也只是闷声闷气的啪啪声;只有用了细细的牛皮鞭梢,才能发出如鞭炮般的脆响。"嘎——嘎",伴随着飞转的皮牛,鞭梢在天空飞响,那才是老黑军在同学们心目中的英雄形象呢。

"嘎——嘎"的声响背后,老黑军曾经挨过他爹的脚踹。小伙伴们并不觉得是件不光彩的事情,反而生出敬佩。

鞭梢脆响,是鞭梢尖在力的作用下,与空气剧烈撕扯,在瞬间爆出毛状纤维而发出的爆响。鞭声体现着赶车人的自豪,是人与牲口的情感交流,更是驱赶邪恶的吉利之声。鞭梢的材料多数是牛皮的,上好的是狗皮。有一天,老黑军爹出车,一出村就习惯性开始在空中挥扬鞭子。然

而，任他如何用力，就是发不出往日的"嘎嘎"脆响。

他觉得真是活见鬼了，那时候，村口麦场上，还真停放着一口棺材，死者也是一个赶马车的，平日与他不怎么对脾气。老黑军爹停住鞭子，走到棺材边上，再甩，还是没有响声。他很纳闷，连忙收回鞭子，睁大眼睛一看，鞭梢没有了，留下一道齐整整的剪痕。

这下子，他算是明白了。嘟囔说："你个兔崽子给我出坏，看我回去怎么收拾你！"他猜到了，那肯定是他捣蛋的二儿子黑军干的。鞭子没了声响，便像行军没有了号令，一路上总提不起精神，牲口的脚步也显得散乱，甚至几个急拐弯处，差点歪斜到坡沟里。

原来，头天下午，老黑军看到老占民(老占民爹也赶马车)用狗皮鞭梢打皮牛，发出的声音不仅清脆，而且还带火星。晚上回到家，老黑军就想从他爹那里讨根儿鞭梢玩，他爹不给。因为干活累，他爹吃罢饭，躺到炕上就打起了呼噜。老黑军也生爹的气：老占民爹能给，你就不给，啥值钱东西儿？就趁他爹熟睡之际，从针线筐子里找出剪刀，打着手电来到街门道，从墙上摘下挂着的鞭子，咔嚓一声就把鞭梢给铰了下来。

随着年龄的增长，皮牛也像其他玩物一样，让我们失去了兴趣。看着比我们小的孩子玩，心里还有点不屑，全然忘记了曾经产生在自己身上同样的热情……

莫非，这皮牛也如时光飞转，转出的是不同光景？可是，"杨柳儿活，抽陀螺"正在成为愈来愈久远的一支童谣。

多年后，我们曾经的小学和麦场已经成了个人的宅院。村子北边，也没有了成片的树林。小河也早不见了流水，只有一口连一口的大坑，那是采砂留下的。往北的大沙河，雨季时流着上游水库放出的水。平时，断续流淌的是旁边采选厂里排出的废水。河两边长着杂草，却很少有树。

想起童年的皮牛，忍不住自己笑笑。可是，这一切都不复存在了。那些看到和看不到的，时常凝结在心底，成为块垒，也很难清除。

被抹黑的新郎

在少小时候的村里，新郎到丈母娘家迎娶新娘的时候，总有新娘家的嫂子或是别的人给新郎脸上抹上黑，再英俊的新郎官也会变成大黑脸。被抹黑后，新郎官不仅不会觉得丢脸，反而被抹得越黑越开心。要是把媳妇娶回家了，新郎脸上还是光光亮亮，反倒觉得没有面子。

为什么会这样呢？这就引出了下面这个有趣的传说。

几乎所有的爱情传说都有一个曲折但圆满的结局。这个传说，就发生在冀南太行山东麓的一个小村。在很早以前，村里有个小伙子，十九岁，长相英俊，勤劳善良，只可怜是孤身一人，家境贫寒。十里之外有个桃花镇，镇里有个姑娘，其父是一位富甲一方的员外。这个闺女不但长得如花似玉，又知书达礼。这一年芳龄十八，员外想给她找个富裕人家嫁了。可女儿一定要高楼打彩，来个"不图庄园不图地，挑个风流好女婿"。员外只好搭起彩楼，单等八月十五打彩择婿。到了打彩那天，楼前人山人海。这个小伙子跟人去凑热闹，本来是想开个眼界，天作之合般的却偏偏被绣球打中。

小伙又惊又喜，旁人又羡慕又嫉妒，同时也气坏了一个在场的幽怨之魂。怨魂是镇上另一个员外的千金，生前原本也想抛彩择婿，怎奈他爹硬把她许给了一个告老还乡的天官为妾，不出半年就忧郁而死，死后一直阴魂不散，对那个中彩的小伙，也是一见钟情。晚上便跟着小伙回到家中，现出了身形，把自己的遭遇告诉了小伙，并提出要与他成亲。小伙不肯，她便威胁说，到成亲那天，必毁他的容颜。说完就不见了。

小伙又急又怕，第二天跑到姑娘家里，把昨晚的事情说了一遍。姑娘家人很惊恐。唯独新娘嫂子有主意，劝大家不必担心，娶亲那天她自

有办法对付。家人听从,且把婚期定在九月初一,以防夜长梦多。

到了喜日,小伙前来迎亲。在上房等待新娘上轿,却听到外面有人喊女婿上马。小伙刚要起身,嫂子突然伸出双手一抹,小伙本来白净的俏脸顿时便成了黑锅底。接着嫂子喊道:"妹夫变成丑八怪,妹子不走嫂子拽!"说罢,一把就把小姑子塞进花轿。迎亲的队伍便吹打着走了。这时在村外等着的那个阴魂,看到小伙竟然奇丑无比,心想,我没有得到的俊郎,别人也没有得到,于是,大笑而去。

从此就有了给新郎脸上抹黑的风俗。

抹黑的起源也很多。远古时期人们对火神很崇拜,娶亲时点着火把,难免会把黑色弄到脸上,借此体现人间烟火的味道。古代也有抢婚的习俗,英俊小伙怕被不中意的姑娘伙同家人抢走,就把自己弄得丑些。然而,抹黑这个习俗,更多蕴含着驱邪避凶、保佑平安的人生愿景。

另外,在古代,黑色是北方象征,代表"水",五色之一。较古时期,中华民族是尚黑的。秦汉以前,人们认为黑色是庄重、吉祥的颜色。往新郎脸上抹黑,也有尊重和祝福之意在内。新郎的父母以及新郎新娘本人被抹得越黑越高兴,说明自己人缘好,得到的祝福多,婚姻和家庭和顺美满。后来,"抹黑"一词才发生了扭转性的歧变,与栽赃陷害同义。可戏剧脸谱中,黑色仍然是忠耿正直品格的一个体现,最著名的就是包拯。白脸反倒成了奸诈的特征。

冀南婚俗中的抹黑,更能体现燕赵文化中的一个特点,那就是民俗上的古朴厚重,甚至更近于古。宋人吴曾说:"我看南北方的风俗,大抵北胜于南。"南北方的这一差别,从人名上就可以反映出来。先秦两汉古人称谓都直呼其名,到南朝时南方人则往往各取别号雅号。先秦两汉人名多用贱字,南朝时南方人崇尚机巧,取名多用好字。而北方人性情纯真,仍直呼其名,取名也仍用贱字。

不管沧海如何变成桑田,世事怎样万变,冀南故乡婚礼中的抹黑习俗却一直没有改变。一代又一代的嫂子,从没有忘记给自己小姑新郎脸

上抹黑。现在,除了嫂子,抹黑的队伍已经扩大,不仅有大嫂子,还有小嫂子,兴许是个"男嫂子"也会冷不防伸出抹黑的手。还有不少男方家的小辈们也会给新郎父母脸上抹上黑。新媳妇回门礼上,女方家的小辈们也会给男方家的父母脸上抹上黑,甚至扩散到新郎的伯叔婶娘。这样做,其实图的就是一个乐子,增添的是喜气。

故乡的"抹黑",从没有高低贵贱。不管你当再大的官,家里再有钱,在外面的名声如何,到了婚礼上,新郎官和当父母的,脸上的黑可是照抹不误的。假如没有人给抹黑,反倒是觉得乡亲们在给你闹败兴。懊恼之余,你便会在心里检讨自己平时的为人了。

现在倒好,婚礼用品店里有了现成的花脸贴,不少人买来现成的,先将自己贴一个大花脸,省的没人给抹或抹了黑鞋油沾到衣服上难洗。但人心里面清楚,世上就没有十全十美的事情,真的这样,反倒并不一定是好事。阴晴圆缺,物极必反是天地万物的发展规律。婚礼中的抹黑习俗,便是一种美中留缺,中和了乐极生悲因子的酸性发酵。

听冀南人的言语,看他们做事,常常能感觉到在一种平凡和土气中闪现的思辨色彩和民间智慧。更多的,则是在岁月长河之中积攒的人生经验和命运况味。

碎片的光亮

李炳良这个名字，我非常熟悉，但不曾谋面。

我是 20 世纪 80 年代刚刚从学校毕业回到县城上班，李炳良书记已经从工作生活了十个春秋的沙河调往他地任职。老书记离开沙河已经三十年，时空也已经跨越了一个世纪，但我时常能够听到人们对老书记怀念的话语。

行走在沙河的丘陵、山区，能够清楚地看到当年兴修的水库、灌渠等水利工程。尽管我听到和看到的，只是关于老书记的记忆碎片，但这些碎片就像阳光下激起的浪花。我看到、读到和听到的，无论是兴修水利、关心百姓生活的功绩，还是他那朴实无华、平易近人的情怀，都深深地印记在沙河大地。为此，听到李炳良书记去世的消息后，我的心头便不由得升腾起阵阵不适，眼眶也在不知不觉中湿润了……

李炳良老书记，是历史上第一个走遍沙河所有村庄的县委书记。黑硇、彭硇、刘硇这些高山上的小村落，他都去过。很多人听说李书记要来，都不敢相信，待书记真的风尘仆仆踏着崎岖的山路来到村庄，很多人都感动得热泪盈眶。书记来到山民低矮黑暗的石屋里面，问吃问穿。山区最大的困难就是吃水困难。这也是书记在山村感受最深的，更是书记最下定决心要解决的事情。

秦王湖已经是沙河市著名的旅游风景区。凡是到过那里的人，从东门而入，拾阶而上，都会看到"秦王湖"三个流畅舒展的大字。题字没留名，是李炳良亲书。秦王湖原名东石岭水库，位于东石岭村西约 1 公里处的渡口川上，是一座以灌溉为主，防洪发电为辅的中型水库。它是李炳良在沙河任职期间，为了解决困扰沙河丘陵区祖祖辈辈的缺水难题

而组织修建完成的。站在山门高处,俯视碧玉般的湖面,在太阳映照下荡起一道道亮丽水波,洋溢在这派秀美的湖光山影间。

沙河地势西高东低,山区、丘陵平原各占三分之一。中间的丘陵区虽土层较厚、土质肥沃,但祖祖辈辈所面临的最大难题是缺水。不少村人畜饮水、抗旱点种的唯一水源是村边旱池里面靠雨季自然蓄积的雨水。还有的村庄,水源奇缺,村人不得不到很远的山谷或河道里运水。水成了制约丘陵区农业生产和人们生活水平提高的关键问题。李书记到沙河后很快就致力改变这一现状,彻底解决丘陵缺水问题的关键工程,就是修建"两库""两渠"。

"两库"指的是位于太行山区的朱庄水库和东石岭水库;两渠则是与两库配套的朱庄水库南干渠和东石岭灌渠。朱庄水库由邢台地区组织,沙河参与建设。其余,都是靠沙河人民勤劳的双手建设完工的。

东石岭灌渠系与东石岭水库配套的灌渠,1972年开工,1977年完工。渠首接水库输水洞,自西北而东南,主干渠到八庙扇,长19.3公里。矩形渠槽,浆砌石衬砌,设计流量5.5立方米/秒。有分干渠3条,支渠7条,全长260公里。主要隧洞有八庙扇隧洞长755米,御路隧洞660米,石岭村西的群英洞650米等。主要渡槽有渡口村东的太行渡槽,全长220米。该渠设计灌溉面积7.6万亩,实际可浇5至6万亩,使石岗、下曹等丘陵区实现了渠水绕地流,有的村还把自来水通到家门口。

朱庄水库南干渠是在原孔庄灌渠基础上,经扩建改修而成。孔庄灌渠是1966年至1970年修建,系利用沙河基流的灌溉渠道。南干渠1976年始建,1980年完工。渠首接朱庄水库南侧高机组电站尾水渠。流经綦村、白塔、十里亭、新城等乡镇,总长46公里,矩形渠槽,渠砌石衬砌,底宽4.5米,边高2.3米,设计流量5.5立方米/秒。渠上有各种建筑物262座。其中黑山洼隧洞长2304米,系市内最长的隧道。最大跨度的渡槽是位于孔庄村西的前进渡槽,长256米,高6米,多拱结构。南干渠有支渠18条,斗渠100多条,总设计可浇13.8万亩,实际每年可灌溉7至8万亩,有时可达10万亩。

当时，县直所有机关都承担了朱庄水库南干渠承建任务。而且要求从开挖、洗石到浆砌、铺底完成全过程，都要在干渠壁上写上施工单位的名称，以示表彰，同时也便于追查质量责任。在县委机关修建的那段明渠上，也衬砌着炳良书记挥锤操钎洗出的几块石料。这是沙河最长的一条干渠，对改变沙河缺水面貌起到了重大作用。

两库两渠建成，沙河丘陵区农业生产条件发生了根本的转变。过去每到播种季节，都要抽调干部到丘陵担水、拉水抗旱。他也要到最缺水的葛泉乡住上几天。白天和群众一起抗旱，晚上同公社书记坐在院子里观天盼雨。这种状况一去不复返了！自古细粮奇缺的丘陵区，食物构成发生了较大改变，由粗粮当家变成了细粮为主，储藏习惯方面也由过去的谷子变成了小麦。回顾水库和干渠建成，炳良书记抒写了一首激情洋溢的诗赞，现记述如下：

昔日，山洪暴发，
洪水肆虐常为害；
今朝，大坝截流，
太行深处出平湖。
昔日，丘陵干旱，
祈天盼雨，
年年为水愁；
今朝，渡槽横空，
干渠贯东西，
旱区青龙游；
是谁改变了丘陵缺水的历史？
英雄的沙河人民甘洒热血写春秋！

李炳良是 1973 年 11 月到沙河县任县委书记的，斯时县财政比较宽裕，但群众生活并不富裕。一次在东九家下乡吃派饭，看到有些群众

仍以薯干做主食。在这种水利条件较好的地方,还不能吃上净米净面,是不应该的。他留意并就群众吃饭问题做了一些调研。不少干部群众反映,在物质短缺的情况下,粮食统购统销是一项成功政策,对保证军需民用、维护社会稳定发挥了重要作用。但随着时间推移,统得过死,就会影响生产的积极性。因为规定每人每天八两为余缺界限,余购、缺供,余粮多的照顾到 1.15 斤;小麦不论产量高低,留粮时间三个月,最多照顾到 100 天,多产不多留,阻碍了生产水平的提高。很需要探讨激励人们创高产的政策。

他把调查情况向地委主要领导做了汇报,请示在刺激夏粮生产上做些探索。办法就是口粮和粮食产量挂钩。当时亩产量徘徊在 300 斤上下。规定亩产 400 斤可吃四个月的细粮;亩产 500 斤,可吃五个月的细粮;亩产 600 斤,可吃半年细粮。这样,既改善了群众生活,又为国家做了贡献。

地委领导同意并允许在水肥条件较好的地方实验。

这一办法满足了广大群众愿意多留细粮的愿望,收到明显效果。1975 年小麦单产、总产创历史最好水平,亩产比 1973 年增长了 110 斤。出现了第一批留细粮时间达到 4—6 个月的生产队。这一办法,一直持续到实行联产承包责任制为止,在当时条件下,对促进小麦增产、改善群众生活起到了积极作用。

老书记在南汪村,去得多了,连普通百姓都成了朋友。当时到村子里去,都是骑自行车。有时候坐着吉普车过去,那是当年县里顶高级的小车儿,很多人都觉得新鲜。我小时候,每次在村边的土道上看到有小吉普车过来,都会站到路边不住眼地看,直到小车走得没了影儿。对百姓来说,能看到吉普车就觉得享了眼福,至于说坐,恐怕连下几辈都不敢想。可是,对于南汪村人来说,这就不是奢望。有很多次,李书记到村里去,看到路上有认识的南汪人,正背着东西吃力地行走,保准会让司机停下车,让这个人坐上车,就连一个普通村民也会这样。

现在,城市发展得很快,南汪村已经和城区连在了一起,距当年的

县委即现在的市委机关,开车只有五六分钟的路程。可是在当年,人们却觉得南汪离县城老远,都是泥土小道,雨天泥泞;刮风天尘土打得人眼都睁不开。现在,这条小道已经不复存在,但南汪和邻村很多上了岁数的村民,都还记得李炳良书记蹲点包村时,经常头戴草帽,骑着自行车,不论严寒酷暑,赶往村里的情景。

早春里,李书记和社员们一起迎着狂舞的寒风在田间打土坷垃;酷暑下弯腰弓背与小伙子在黄灿灿的麦田里比身手;金秋十月有他紧握粮果的双手;白雪覆盖着的农舍里他和蹲点同志、村干部其乐融融。村里的老干部还都记得,李炳良书记在村里吃派饭时,从不让照顾,而是逐门挨户排着吃。他觉得这样能够接触更多的群众,了解到更真实的情况。

有一次,我和葛村老书记见面,一提李炳良,他就说,炳良是个好人,是再好不过的好书记。我问起李炳良如何好。他说,炳良书记平易近人,没半点架子;来到村上,工作上的事只一句话,就是"啥活儿咱该干干了",后面就是问你有啥困难;你要是生病了,他都会亲自来看你,还让医院安排好的医生给你看。

我到市政府工作后,不止一次听到,大年三十,李书记都会从家里带上酒,到县委机关慰问坚守在岗位上的同志。他首先慰问的是最最基层的"四大员",而不是领导干部。这四大员是:驾驶员、炊事员、通讯员、打字员。20世纪七八十年代以前,机关工作人员都在食堂吃饭,机关有规定,除非家里有事或节日放假,离家再近也不能回家,一到吃饭的时候,就都拿着饭盆到机关食堂前排队等着打饭。

当年,李炳良也和员工们一样排队打饭。吃饭时围坐在饭厅简易方桌上,天好时更多的是围坐在门旁大杨树下的长条石桌跟前。边吃饭边和大家开玩笑,不分官大官小,说话也不管轻重,只要能让大伙笑起来就行。那时,一个县委书记和一个普通职员开玩笑是平常事儿。大师傅盛饭时按先来后到,哪怕锅里还有一碗饭,也要盛给排在前面的,即使身后是书记、县长,也只能用勺子敲着空荡荡的锅,说句做得少了,稍等

会儿再凑合着做些别的吃。书记、县长也只好用筷子捅着饭盆看着大伙吃，有的还会坐到桌子前的空位置上跟大伙开玩笑。

　　这些碎片的光亮，使我想起了初春青草上的露珠，晨光下晶莹剔透、灿烂耀眼，升腾起一道道美丽的彩虹。我的眼前，幻化出老书记离开沙河时的情景：慢慢启动的吉普车上，李炳良老书记面对熟悉的人群和县城街道、山川、大地，默默地说着：沙河，再见。但老书记的身影，却永远印记在沙河这片土地上。

车把式

一

村上的车把式，如今只剩下三个，一个叫海江，一个叫保生，另一个叫伏成，他们三个人都年过古稀。用他们的话说，土都埋到脖子根儿了。按照乡亲辈分儿，我都该称他们大叔。这三个人，人生最精彩的篇章，都绽放在改革开放前的生产队。20世纪五六十年代，在我们老家冀南地区，马车还是主要运输工具。就连县里的运输公司，拉货用的还是骡马大车。条件好的村庄，大队才有一辆马车。

我们生产队上，起初是排子车，到70年代初才有了马车。那年月，生产队的底子很薄，只这三匹骡马，就相当于队里的一半家当。所以，车把式的人选，是个大事，小队长很看重，除了"根红苗正"外，人情关系得放到一边，更多的是看把艺儿和德行说话。一旦选准了，就固定下来，连续很多年都不换。小队长有的每年都换，可赶车的往往一干就是一二十年。"四清"和"反右"中，大队、小队所有与公家财物沾边的人，几乎都成了清理的对象。不少人，都是因为鸡毛蒜皮般的小事受到牵连。有的村就连饲养员，也要清清他们是否克扣过喂牲口用的粮食。赶马车的虽然与队里的一半家当沾边，出远门时还带着成袋子的料豆料面，却没有听说有人要清理他们。这就看出，人们把赶马车的看的比当干部的还高。何况，这是个择人活儿，不是谁都能干的了。谁要是把老车把式给掐了，新的又跟不上，队里的生产会受影响，便是破坏生产。

那年头儿，村里权力顶尖的自然是村支书，可谓人精；其次是小队长，掌管着队里的生产安排和口粮分配大权；再就数到赶大车的人了，

就连队里的会计、保管也比不上车把式。想想看，队里拉庄稼、送粪肥、交公粮、拉煤等等活儿，哪样儿离得了马车？要是谁家娶媳妇，能用上骡子马车，准比现在用大奔驰还开心。社员家起屋盖房，想用马车帮助拉砖运石，除了队长开眼，出不出活儿还要看车把式是不是心情好。平时，乡邻们总断不了让赶车的从外面捎个这买个那的。在孩子们心目中，车把式让爬个马尾巴就高兴得不得了，何况能成天坐在辕板上挥舞长鞭，那才是风光呢。

村里不管大人小孩，大队干部的名字不一定记得住，可一定会把赶大车的人名字都记得很牢。直到如今，村里很多人，不仅能说出每个生产队车把式的名字，还能把他们的脾气秉性说得一清二楚。

赶大车看着体面，却是个辛苦活儿。马车不像现在的汽车，有铁壳子罩着。要是遇到刮风下雨，又正走在前不着村后不靠店的地方，你就得挨着。坡路上闸绳断了或驾辕骡子坐地了，把命丢了的人也都有。顶怕的是新驾辕上套的骡马，在马路上突然被汽车喇叭声给惊吓了，赶车人都不知道人和牲口的性命能不能保得住。六队赶大车的叫王立明，一个六月天里，赶着大车正走在村西南的高岗子上，一阵雷雨过来，扬鞭想紧赶牲口，鞭子没有打到骡马身上，却拽下来一声彻天响雷，万幸的是雷落地的时候稍稍偏离了车马，就这样，他也被强大的雷火击了个半死，驾辕骡子脊背和屁股上毛皮都被烧焦了。

再说，车上拉的是公家财物，一般情况下不派人跟车，全靠赶车的人看护。车上的东西出了差错，就拿赶车的说事儿。即便真的是弄丢了，也免不了会落得一个损公肥私的赖名儿。

有时候，赶车的人还得担当采购员的角色。尤其逢年过节，他们到镇上和县城送粮拉货时，很多邻里都让给捎东西。这事儿麻烦搁一边，倒是一个十足的良心活儿呢。你得给记清楚谁家要买啥，买多少；买的时候又得尽往好处挑，省得落埋怨；路上还要好好照看，活东西儿不能给蹦跑了。不少时候，尽惦记着别人家的事儿，倒忘记了自家要买的年货。

车把式到外地拉脚,中午赶不回来可以领几毛钱的补助。根据村里的经济条件,有的三毛,有的四毛,顶多是五毛。这个数,差不多就是一个整劳力干一天的工值。这样一来,自己干一天顶别人干两天,在当时算是一笔非常可观的收入。

那时出很远的门并不多,一个是到离村二十里地的国营三王村矿拉煤;一个是往离村三十多里地的县城送棉花;再后来是往县城二十冶基地送石子和砂;最远了,是往离村六十来里地的黄粱梦和邯郸建筑工地送砂子。这些地方,顶多是起个大早,搭个大黑,落个两头见星星就能赶回家。就中午一顿饭在外面。国营食堂里五分钱一个二两面的馒头,一毛钱一份肉片汤。三四毛钱足够中午吃饱,也算解馋。但是,没有人舍得全吃了,都是想方设法从牙缝里省下钱贴补家用。出门时都是从家里带上干粮咸菜顶午饭。讲究的中午花一毛钱买碗热汤泡干粮吃,大多数都是找碗开水或面汤,啃几口老咸菜就过去了。

二

赶车人跟骡马在一起的时间,比家里人还多。时间长了就有了感情,便像对待儿女一样心疼牲口。海江大叔告诉我,拉车牲口的胖,不全是饲养员喂出来的,而是赶车人给赶胖的。出门时,头三里不催赶牲口,因为刚吃了草料,赶急了会闹肚子窜稀(即拉肚子);后三里不打赶,是因为牲口已经出力了,再打赶,便会出虚汗,回到圈里吃不下料就趴下了。都说铁打的骡子纸糊的马,马可有个毛病,吃不好会闹膈糟,就是吃下的东西排不出来。这时,你就得牵出马不停地遛圈,直到马排出粪便来。严重了,你还要用手伸进马的肛门,往外掏粪便。要是拖的时间一长,马就会没命的。走路时,要设法使拉套的牲口把劲使匀。遇了大上坡,并不先加鞭,而是把车停下来,不解套挨个给牲口喂料,料中有豆面、玉米面,有时还会把自己带的窝头掰成四瓣放到料里。这料加过之后,你再松开车闸,将鞭子在空中转着圈甩一声脆响"嘎",再喊一声"驾",用力一顿缰绳,牲口一个个头向前面的地上伸,喷出的气能把尘

土扬得三尺高，皮肤下的血管爆得有小拇指粗，一双眼球都快蹦出来了，脚步踏踏的坚实有力。这时，恐怕就算前面有个山，也能爬过去。

海江大叔在村里赶车手艺头儿最高，鞭子打得很响亮，但很少抽在牲口身上。他说骡马是很通人性的，不是挨了打才出力的。赶的时间长了，听你喊号的轻重，就知道你的心情。他打比方说，赶车人的心情平静时，喊得就温和；有了开心事，喊得就脆气；遇了烦心事，喊得就像有大石头压着；高兴了会在空中打个小响鞭，生气了才会把鞭梢打到牲口身上。遇到爬坡和泥沙路了，只要你立在辕上，只在空中打响鞭子，骡马就知道遇到的是个小坎儿，加把劲就过去了。一看你下了车，站到与驾辕的骡子头齐的位置，就知道遇到了大麻烦，骡马会摽成一个劲往前拉，有时都会把套绳给拉断。

把鞭子打响，应该是赶车人的一项基本功。甩响鞭，是每一个车把式的拿手好戏。说到鞭响，大叔们还纠正了我的一个错误理解。我原以为，鞭响是鞭梢与空气瞬间猛烈撕扯发出的。他们说根本不是那回事儿，鞭响是人手头的力气，猛一下从鞭根儿传到鞭梢，在一瞬间将皮毛纤维爆飞出来的响声。

响鞭的脆声，就像鞭炮一样，在赶车人心目中意味着吉祥。赶车人出村上路和回村时，都爱打几声响鞭图个吉利，就像大正月第一次出门人们都爱放几个鞭炮一样。回村时的响鞭，是在告诉饲养员，骡马回家了，他们就会提前给累了一天的牲口准备草料。路过转弯的坡路和山道，打几声响鞭就像汽车的笛子一样，告诉对面过来的赶车人，路窄了早早找一处宽一些的道边让着。

保生大叔跟我说，鞭梢选料很有讲究。鞭梢多数是牛皮的，上好的是狗皮。牛皮得是小牛而且是脊背上的皮最好，结实、有劲儿，腹部的皮就不耐用。最好的当属小狗皮，皮质细密，有韧性。大冬天走夜路时，向空中打一声狗皮做鞭梢的鞭子，鞭梢尖还会爆出一团儿火星。响声给人和牲口在精神上壮胆提神。七队那个赶车的，一天赶远地儿去，上路早，一出村，就挥扬鞭子。可任他怎么用力，就是发不出往日的"嘎嘎"声。村

口的麦场上停放着一口棺材,是他的邻居老赵,平日两家没少因为鸡毛蒜皮的小事争吵。他便停住鞭子,待走了过去,再甩,还是没响声。

那时候,天还黑着,看不清鞭子的样子。他便用手去摸摸,心里咯噔一下,真是见鬼了,莫不是老赵在这里跟他过不去,有意把他的鞭梢给掐断了?看来这趟差是去不得了,省得路上扳了大岔子。也顾不得少挣十工分和四毛钱的补助,便掉头回来了,谎说头疼挺不住骗过了队长。事后才知道,原来是他儿子为了打皮牛,偷偷把鞭梢给铰了下来,气得他把儿子屁股打了个紫青。

现在,电视达人秀节目中,有高手用鞭梢切割纸张,更奇的,还能蒙着眼打灭人用嘴叼着的蜡烛。其实,我们村的那几位车把式中也不乏高手。入冬前,各队的马车纷纷前往距村三十来里的三王村煤矿拉煤。吃罢午饭,矿山的过磅员休息时,车把式们最爱做的一件事,就是往磅盘上摔鞭子,比赛谁打出的鞭子重。秤砣从三十斤起,逐步往上追加,而且规定,鞭落秤砣上,再跳起来,才有效。一般人能打出二三十斤就不错了,而能够算得上把式的都能打到四五十斤。海江大叔能够打到七八十斤,当时县里没有第二个人能够超过他的。八队那个姓姚的车把式,已经过世多年了,平时走路慢拖拖的,人打招呼也是有一搭没一搭的。他的右手只有三个指头,村里人都叫他八个指头。右手上的三个指头也能把鞭子握的死死的,甩起鞭子来,"叭"的一下,能让落在牲口耳朵尖上的蝇子变成血糊。

三

响鞭,也有真正打在牲口身上,甚至致命的。海江大叔很坦然地告诉我:牲口再懂话也不是人。他车上的骡马都不用戴笼头和铁链嚼子,更不用戴齿牙绳。这些都是用来对付那些不听话的骡马的,可以说是对付牲口的撒手锏。其中,齿牙绳拴在牲口牙齿上,一头攥在车把式手上,人稍稍一揪绳,牲口就疼得乖乖听从口令了。海江大叔不用这些管教牲口,他的本事体现在鞭功上。他说,牲口和人一样,并不是天生就听话

的，都得靠驯，该打时不能手软。刚上套的骡马，也都不愿受管教，不懂号，没有不尥蹶子的。驯牲口时，不能心软，可也不能劈头盖脸拿鞭子乱抽。这里有个吃重点儿，一鞭子下去就管效，保准叫你的骡马看到鞭子就浑身打战，不敢再出怪（发脾气，不听话）。大牲口的耳后都有一个窍门儿，这个地方最不经打，重了就要命。用鞭梢二寸多一点长，打到这个地方的话，不管再大的骡子和马，都会立刻栽倒在地，过一阵子才能站起来。打这儿往后，就听话了。我从医生那里了解到，那个窍门儿，是颈动脉上的一个血痘，也像人耳垂儿后面的穴位一样。打准了，会让你没了血压。

但这个本事不是人人都可以掌握的，有的车把式赶了一辈子车，鞭梢都打不到这个去处。海江大叔说这样看着心狠手重，只是挨一下子，以后反倒让骡马少挨了鞭打之痛。六队那个遭雷击的车把式倒是没有打到过这个去处。他赶过的牲口，屁股上都被鞭杆捶得少皮没毛的。村里赶马车的人中，数他嗓门大。在村里，就能听到他来自西岗上的"喔——喔——""吁——"的赶车声，好像拉车的牲口在他手下就没有听过话。

海江大叔说，四队的那个车把式挺有意思，不分冬夏，白毛巾总不离头。天冷时包着头，为了暖和；天热时就在头顶上奓拉着，为着遮阳和擦汗。他有个嗜好，就是赌钱。尽管当时大队干部管得很紧，也有不少好赌的人半夜躲在深巷里的一户人家里赌。有投骰子的，几个人围着一个和面的盆子，以投出的点数大小比输赢。估计赌注也不大，那时人们都没有多少钱。他家里有七个儿女，日子过得挺紧巴，老婆又把钱看得紧，哪里还能让他从家里拿钱去赌？他就靠出差补助那点钱，除了交给老婆的，其他的自己藏起来。他出差时从不舍得在饭铺花一分钱，省下钱，有时一毛，有时两毛，悄悄藏到街大门后面墙上的土坯缝里。

有一天，他到邯郸出车，回到家时天就快亮了。整天又不舍得吃，连累带饿，进了家门躺到炕上就迷糊着了。人睡了，可心里还惦记着玩儿钱的事。梦里好像和人有了争执，他嘴里直咬定"我还有钱，我还有钱"。老婆被他这梦话给弄醒了，听说到钱，就来了神儿，赶紧跟着声问他哪

儿有钱，他一五一十地将钱藏在什么地方说了个清楚。老婆赶紧起来，到街门把他的私房钱扣了个干干净净，白天也没有跟他着急，和没事一样。改天，他到街门后取钱去玩儿，掏了一处没有，再掏一处，还没有。起初还以为是老鼠拖走了、咬碎了，就在地上找，找了半天，也没找到半片钱，就觉得奇怪。连忙用食指和中指挨着摸别的藏钱处，都没有。这时候，他才知道被人寻摸了去，但却不知道咋让人知道的。这也是哑巴吃黄连，有苦不能说的事情。

　　生产队解散前三四年，条件好的队就买了拖拉机，替代了马车跑远地儿。虽说地里的拉运活儿，还是用马车的多，但此时赶大车的在拖拉机手跟前，就矮了几分。马车基本上就派不上啥用场了。各家各户，喂一头驴或牛，拉东西时用排子车就行了。让村里几位车把式最难以释怀的，就是生产队解散的时候，年壮的牲口都分给了个人。年老的牲口，大都被宰杀分肉吃了。眼看着跟了自己几十年，风里来雨里去，给生产队出了大力气的骡马被宰杀，尤其是铁锤砸在牲口头上的那一瞬间，他们的灵魂都觉得震颤不已，不由得泪流满面。刀子拉在骡马身上，却疼在他们心里。海江大叔不愿让自己的驾辕骡子遭此厄运，不顾家里人反对，执意要求把那个老骡子分给自家。不见有多大用处，但见他每天早上天不亮，就在村北的河道上遛这匹骡子。他说，跟骡子热了……

　　马车，是农耕文明的产物，马蹄和车轮在中华大地上驰骋了几千年，它承载过交通运输史上的辉煌。然而，动力发动机车辆的出现，宣告了一个时代的黯然终结。如今，鞭杆已经从他们手上离开三十多个年头了，可三个大叔，说起当年赶马车的事情，眼睛就会放出光亮，声音也比平时高了许多。他们心里都明白，过去曾经的风光和骄傲，都已是明日黄花随风去。海江大叔很看得开，他说咱手上再响亮的鞭声，也抵不过儿孙们手下汽车的笛声响亮。再强壮的骡马，也跑不过四轮车……过去了，就回不来了，如今，海江和保生大叔又成了村里老年秧歌队的主力队员，敲鼓板、擂大鼓，一个敲得清脆、干净，一个打得浑厚、响亮，一如他们当年用力甩向空中的皮鞭。

胖李软骨馆

　　家门口有家名字叫做胖李软骨馆的小饭馆，就在梧桐路北头路西。饭店是一对安徽夫妇开的，已经有三四年了。头些年也有人在这里开过，时间不长就都关门了。这两口子接住后，饭店还从没有关过门。就连房东也说，还没想到人家就能干住。谈房租时，怕人家嫌价高不租赁，就可着劲往低处说，人家生意好了，房东也不能再说别的，以致附近的房租，也跟着涨不起来。

　　要说，这个"软骨馆"的名字还是这对夫妇从别人手上接过来的。小饭馆里面的菜很单调，就是猪软骨和毛肚小火锅，连带着白菜、粉条、蘑菇等涮菜和手工面条，外加几个自制的酥鱼、豆腐丝、花生米藕片和凉杂拌这几样小菜。

　　虽然软骨算得上一个特色，但我觉得最大的特色还是实惠，也卫生。四五个人，要一个小锅，两个小菜，来一瓶二三十块钱的"老村长""塞罕坝""稻香村"白酒，或两三块钱一瓶的"崂山"啤酒，花上百八十块钱就可热热乎乎吃饱肚子。要是在别的稍微上些档次的饭店，每个人没有三五十块钱是不好交差的；同时，他们这里不怎么炒菜，只是涮锅，除了软骨、毛肚或鸡块需要事前炖好之外，涮料都是生蔬，这要比大饭店里说不定是用地沟油炒出的菜要干净多了。小饭店只有五个房间，大多时候人都满着。

　　这对安徽夫妇有三个孩子，大儿子已经成家；两个女儿都十多岁了，不幸的是一个患了聋哑，在聋哑学校读书；小女儿正在读初中，放学后就边就着饭桌做作业，边帮着招呼客人。起初，从长相上看，我觉得这对夫妇该比我大。男的胖乎乎的，秃着头顶；女的额头都有了皱纹，一双

手大还粗拉。问过之后，却还比我小几岁。

　　来这里吃饭，对我来说，除了离家近以外，身上钱不凑手了，还能记个账儿，等有了再还上。有时记的账儿自个都忘了，多长时间他们也不会催着要，都是等自己想起来了，再还上。要是大场合，吃饭喝酒，我不来这里，老家来了人或者没有里表的人过来，我还真的乐意在这儿吃。

　　头两天，我想从故乡众多的民间歇后语中，找出三个最能代表沙河地域特点、文化传统且有较深哲理、流传面较广，还能对现实社会仍有针对性的本土歇后语来写一写。我想了两个，有石滚子打碌碡——实（石）打实（石）、中关構地——圪节。第三个想不出来，就是这两个，是否经典，仍难确定。

　　带着这个疑问，我想到了原市地名办的张月民主任。他曾主编过《沙河市志》《沙河发展历程》《沙河县简况》，出版了丰富有趣的专著《琳琅沙河》，从工作岗位上退下来以后，仍心系志书，呕心沥血，历经数载，既是作结，又是承启，去年出版了囊括沙河政治、经济、地理、文化、人物等各个方面的杰作《沙河词苑》。张主任可谓通晓沙河文化，满腹学问，堪称沙河市的"市宝"。可惜我没有他的联系电话，他又不善应酬，尽管是我过去在市政府办公室工作时的同事，但已经是十七八年前的事了，平时几乎没有来往过，也不知道他的联系电话。

　　我随即想到了秦增群，尽管我和他在过去共事时间不长，但近几年交往可谓密切，几乎每天早晨在梅花公园活动都碰面，他爱好诗词，出版了诗歌《松风梧雨集》，重新修葺的峰峦寺是他写的碑记；他还对摄影有很深的造诣，作品《安贫乐道》《流逝岁月》等曾获河北省文化艺术优秀奖。

　　我电话先打给秦增群，说明了我的意图，并提出了晚上在一起聚聚的请求。秦增群告诉我张月民电话后，我听他"嗞"了一下，接着说："他可是不好叫的啊，头几天有个领导叫他出来吃饭，他都没有出来。"我说试试吧。电话打过去，他刚接电话时语速很慢："谁哎？"知道是我后，他的语速提上来了，先提到我当作协主席的事儿，又问我啥事。我说过，并

试探着说想聚聚,他十分爽快地答应了,也不用车去接,要自个骑自行车过来。月民主任的态度,没有出乎我的意料,还能猜想得到我叫他的意思,太让我觉得高兴了。

之后,又电话联系了崔继东老师,还有张双锁。崔继东从前在邯郸电视台当编辑,并被请调到河北大学讲授了四年的新闻写作课程,编写了四五本有关写作方面的书籍,我在写作上也经常向他请教。张双锁是我到工商局后开始结交的,后来他又调到检察院,如今也已经从岗位上退下三年多了。我和张双锁的交往一直没有断。张双锁是个既有个性又喜欢较真的人,脾气耿直,倔得很,偏偏我们又说得来。曾经有一段时间,我徘徊在人生的低谷里面,他仍然毫无顾忌地与我来往,常把我叫到他家里喝酒并劝慰。张双锁是个研究法律的人,那份严谨和认真劲儿,倒对我的写作帮助不小。年初,我发在《燕赵都市报》上的那篇关于大锅菜记忆的文章,就是他对着我的文稿字斟句酌,一个字、一个标点符号地和我商榷着修改出来的。

我邀的人很快就都到了,我从家里拿了一瓶"四特"酒,装了盒"云烟",就领着他们来到了"胖李软骨馆"。菜就点了软骨馆的看家菜:豆腐丝、花生米藕片、酥鱼和一个软骨火锅。

落座后,趁点的菜还没上来,我就先向张月民主任讨教了。一说起沙河的歇后语,他就如数家珍似的,一下子就给我说了一大堆:二五八去赶集——四六不懂(动)、噘嘴骡子卖了个驴价钱——吃亏在嘴、西顶奶奶——看远不看近、渡口街卖韭菜——俺也是、背着布袋上永年——装蒜、王老汉卖菜籽——不结记蔓菁、渡口街浇地——是亲不认、桃花沟过年——准初三等等,足有二三十个。可是,说起我的想法,他又很认真地跟我说,至于哪些歇后语最有代表性,他也说不准。但他觉得既是我写,看重的应是自己的感受。再说,别人也没有这样思考过。如此,还得我自己开动脑筋琢磨了。今天,我倒要先把这事儿撂到一边儿,好好享受眼前的开心吧。

打心眼里说,我觉得能请来这几个人,也是缘分。假如我没有对文

学的爱好,或者是他们不知道我好写点东西,恐怕还会嘀咕我在唱哪出戏呢。几个人一坐下来,大都互相认识。叫不上名字的,就是崔继东老师了,一介绍,就都马上成了熟人。这几个人本来好多年没有往一起坐,可一坐下来又觉得天天在一起似的话多。

今年是闰四月,都快二月底了,天还不是很暖和。饭桌上火锅上来后,屋子里的温度就高了,排气扇好像出了故障,打不开。我们就打开玻璃窗户,窗外人家的院子里正好有一棵苹果树,枝梢都快要伸到房间里来了。远处是市区较老的单元楼,不少人家的窗户还是四方格的。楼前储藏间的房顶上,还有头些年装苹果的篓子倒着。也有种了葡萄的,枝蔓在小房顶上趴了一片。街面上有孩子们的欢闹,有收破烂的拉着长声在吆喝,一只狗不知遇到哪个生人,"汪汪汪"地叫个不停。

这会儿,我们都觉得桌上的每一道饭菜,只是成了筷子下的虚设。嘴里忙的不是享用饭菜,更多的是互相打听近来又写了什么;更多的是有关当地文化方面的事情。老子修行广阳山、綦阳冶铁汉魏始、秦王被困救驾村(沙河市有西九家村)、乾隆题诗梅花亭、伯夷叔齐甄泽观、梁实秋祖籍沙河……等等,不管那一块儿夹起来,都是有骨头有肉的,强过锅中之物百倍,让人品味起来,可是越嚼越香啊。头些日子,白塔下元村的退休教师李连斌出版了他的新作《风月拾遗》,书中艺术地表现了自大炼钢铁以来,他所听到的很多风月事儿,借着风月嘲讽了社会上的丑恶现象。风月趣事说起来热闹,就像火锅上漂浮翻滚着的油花和泡沫,却夹不到筷子上,吃不到嘴里面。秦增群说孟庆菲都八十多岁的老人了,还在家里整理自己写的诗,想要出书。还提到沙河市年轻作家王延庆,去年年底出版了描写王硇历史名人王树棠的《古楼英豪》……我觉得,这才是我们真正在吃的华美大餐。平日里看多了的天花乱坠、纷繁喧嚣,这一刻都成了身外之事。对乡土文化的探究,这才使我们真正地咀嚼、品评,而且质厚醇香、趣味无穷。

市里新来的书记很重视生态环境建设,污染严重的企业都让停了,

这空气还真的比以前清净多了。就连三十里开外的奶奶顶,也能看到轮廓。傍晚时,西天的几朵白云变成了橙红色,霞光都跑到我们吃饭的饭桌上了。秦主任爱写诗,正好我手机上的文件夹里,有白居易写给他隐居庐山的朋友,名叫刘轲的那首脍炙人口的《问刘十九》,我找出来读出了声,饭桌上的人一时都静了下来,仿佛在心里跟着我默读:

> 绿蚁新醅酒,
> 红泥小火炉。
> 晚来天欲雪,
> 能饮一杯无?

崔继东老师听罢就说,你看后两句,"晚来天欲雪,能饮一杯无",写得多么具有诱惑力啊。秦增群也放下筷子,像讲解般地说道,这首诗,对于刘十九来说,除了那泥炉、新酒和天气之外,对白居易的那种深情,那种渴望把酒共饮所表现出的友谊,才是更令人神往和心醉的。大伙可以想见,刘十九读到末句"能饮一杯无"后,一定会立刻起驾前往的。相见后,两位朋友围着火炉,"忘形到尔汝"地斟起新酿的酒来。也许室外真的下起雪来,但室内却是那样温暖、明亮。生活在这一刹那间泛起了玫瑰色,发出了甜美和谐的旋律……

张月民平时不爱说话,家里那口子说他是个木头疙瘩。可今天,他的话挺多的,听着大伙谈论这首诗,也说话了。他说我们几个今天坐在高楼街巷里的一个小酒馆里面,谈古论今,说得津津有味。咱再看看桌子上的小火锅,正冒着白色蒸汽,快将整个小屋弥漫住了。在这样的环境里面,就连他这个从来滴酒不沾的人,也有了朦朦胧胧的醉意。

说到高兴处,我就说起自己无数次想象的一个场景:是在初冬,去到西部山区的蝉房乡,遇到雪飞,山根下有一小饭店,窗后是青山飘雪,这样几个人喝酒,该是有情趣的了。不知什么时候,秦增群心中已经酝酿好了一首诗,并当场赋出:

无主花卉处处开，
不慕虚华不自艾；
带得春风荒漠去，
赢得清芬明月来。

诵完后，我们都鼓掌庆贺，同时又轻轻地重复读着、默默地在心里回味着这首诗的寓意，不觉间，倒是真的都有了朦胧的醉意。

天已经全黑了下来。扭头看窗外天空，火星伴着让孩子啃完瓤子的西瓜皮般的新月，都在向我们眨着眼睛，好像先前藏着身子在听我们说话，这会儿憋不住似的，要跑进来跟我们一块热闹呢。

饭店的掌柜老李过来，问用不用加菜，我们这几个人，都说饱了，饱了。也说，记住了这个软骨馆。

吃完饭，从软骨馆里出来，送走来者。我独自来到街面上，亮眼的路灯照耀下，是穿行不停的小轿车，道路边儿一个垃圾池边，有两个包着头巾的老妇，正打着手电从里面扒拉着能卖钱的玻璃瓶子、纸箱片。旁边不远处一个高档些的饭店门口，两个人驾着一个酒醉的人，蹲在树根下呕吐，而不远处的梅花公园里震耳的舞曲，像一个时尚美眉，正从风的长袖中抽出秀手，用力地拍打在醉酒人的后背……

此刻，我不由地抬起头，但见满眼浑黄，看不到星星和新月的身影。

永远的身影

眼前时常映现出娘晚年的身影。白发零乱,双眼低垂,总爱坐靠在街门前石墩上的老娘,一听到远处有车辆和近前有响动,便会抬起头,睁大眼睛,自言自语地说:"我儿回来了,我儿回来了……"我这个身在并不太远的县城的儿子,尽管日间琐事繁杂,尽管周末让娘一次次失望,毕竟,还有坐在炕边絮叨中的孺慕和一碗熬菜中的温暖。也是在麦黄五月,十年前布谷鸟的叫声近了,我却无复再见倚门的白发。娘别门而去的时日情伤,却在儿的心底伴着泪水汩汩自流,永难停歇……

人这一辈子中,生死离别是痛苦的经历;而没有生死离别的经历,自己的亲人就去了,这能不能说是人生中一种更加痛苦的缺憾呢?

因为我与娘便是后一种。

那天晚上,我正在邢台参加《散文百家》举办的新亚笔会。快要吃饭的时候,突然外甥女打来了电话,说姥娘在烧香时跌倒了,没了气,让我快点回来。

一听这话,我就慌了。不可能吧,要说父亲有啥了,还有些心理准备,因为老人家已经查出了食道癌,还是晚期的。要说老娘,我还真的不能相信,我甚至自己问自己:这怎么能够是真的?娘身体一直很好的。赶紧将电话打给二哥,让他快打120。二哥说打了,也来了,人家说娘真的不行了。你快回来吧。

下午登白云山时,天阴了,雨小。这会儿,哗哗的大了。正因为娘的事儿,让我记牢了白云山,在十多年间,也再没有接近过这座山。

和会务组的王聚敏老师打了个招呼,我就跑出来打车往家里赶。雨已经成线如注了。街上有了积水,出租车不愿出城,回家得四五十里地,

司机觉得不安全,便多加了钱。又和单位的司机联系上了,让他迎着我往邢台市市里赶,在城郊碰上了。

看着茫茫夜色,听着急促的雨声,心里憋闷得慌。觉得娘还在等我回家,不会丢下我走了的。遇有水坑,车溅起高高的水花。对面的车子带起的雨水,像泼过来,车前面一下子就什么也看不见。听到司机咳咳的叹气,好像比我还急,耳边仿佛听到一个熟悉的声音在说:着紧个啥?娘好好的,在家等你,你有了三长两短,娘才心疼。我心里急,还劝司机慢点、慢点。

到家门前面,看到院子里亮着灯,就更觉得不安了。村子里的长明灯,常常与家里老了人有关联。进屋,见娘躺在炕上,样子和平常没啥两样,就是身边多了哥哥嫂子和邻居大婶的身影。他们的脸上并没有多少痛苦的表情。靠近床头,看到娘微张着嘴,好像要跟我打招呼,就是听不到声音。这时,我还认为二哥哄我,用力抓住娘的手,觉得已经没有了往日的温暖。对着脸喊了几声,竟像电影里的台词似的,从我嘴里发出来:"娘,我回来了,你咋这么快就走了呀?"

大婶和大嫂直说,娘走得急促,给谁也没有留下话。

我嘴里喊着,顺着娘的袖口往里摸,觉得还温温的,在意识里面更觉得人还活着。几分惊喜地对跟前的人说,你们看这个样子,是不是睡着了?娘还是穿着那件穿了几年的淡蓝带襟布衫、黑裤子、底儿快磨透了的懒汉鞋。这和以往回家看到的她干活累了,躺在床上睡觉的情形没啥两样啊。这一次,为啥就不回孩儿的话呢?

大婶和父亲在一旁说话了,傻孩子,别在跟前磨蹭了,趁娘身子骨还热乎赶紧买寿衣给穿上,胳膊腿硬了就穿不上了。

娘迷信,不愿早早把自己的寿衣准备好,嫌放着不吉利。她也开通,知道小卖铺里有现成的,自己做不成那个样子。父亲有了病后,娘更没有自己做。曾经跟我说过,到时候了给买啥好。

这个时候,也只能强迫自己承认娘已经去了,而必须与哥嫂们一起准备娘的后事。

村东头有个小卖铺,里面卖寿衣,东西都是从城里进的。敲开门,在浑黄的灯光下,挑了时兴的寿衣。三层七件,带领绣花的古铜色袄襟和蓝裙。头上戴的凤冠,脚下蹬的莲花和元宝,是娘在世时跟我说过让买的。娘看老戏,看皇后的穿戴,到死自个也有了。我和父亲、哥哥、妹妹连抱带拽,给身子骨还软和的娘里两层外一层穿戴好。这些新衣裳,尤其是裙子,那可是娘第一次也是最后一次才穿上的啊。只是,袖子里面放了不少麸皮,说是防着山上的蚂蚁,倒累了娘行走。

寿衣穿好,盖蒙脸布前,大婶想把娘的嘴合上,却合不上。就说,还有啥哩,看孩子给你买的寿衣多好,可一离手下巴还是掉下来了。我上前也合不上,就找了个白毛巾,叠合垫到下巴颏下,嘴合住了,合成了往常含笑的模样。

到这时,儿女们就要放声哭了。这一刻,按照想象,应该是泪如泉涌,可我用足了劲儿憋,也挤不出来泪水。我觉得是对娘不孝,恨自己此时没能像妹妹那样哭的鼻子一把泪一把。我反倒是目不转睛地盯着娘身上寿衣的新鲜来,想象着娘穿着新衣裳,就要离开这个家,离开儿女,去到遥远,而且会是杳无音讯的远方……

听说下午娘和爹还一块到村西王家坟浇玉米,这说去却真的就要去了,反倒使我不能相信,也真的不相信……我可没有伺候她老人家一天,甚至没有给她端过一碗饭,喂过一口水。每次回到家都是娘亲手给我做饭并端到桌子上。我是娘最结记也最让她觉得脸上有光的儿子,上中专、在政府部门工作、给市长当秘书。娘说不上来,但喜欢听别人谈论这件事。娘对星期天很敏感,就是盼着我能回家看看她。儿子出门多,去了两次海南那么远的地方,回家都能看到好生生的娘,这次儿出门是在自家门口上,娘就等不得了。

哗哗的雨水从夜晚一直下到天明,娘去了,就连苍天的心事也这般沉重。院中娘栽的几盆仙人掌、仙人指,在这个时候竟然也开出了金黄色的小花,很灿烂,此时却被雨水打掉了花瓣,飘在盆里的一汪水里,有的流落到院子里。

娘有烧香敬神的习惯。很少上药铺和医院，多的是在天地神灵前面烧香烧纸钱。她没有文化，自己的名字都写不出来。科学是什么更不懂，就相信上天和神灵有眼，能保佑世间生命不遭罪和平安。她后半生，为了一家人没病没灾，对二十里地外八里庄村一个神婆的话言听计从。我眉头上的一个疙瘩，就是大雨天到八里庄还愿，车子跌到水坑，头把挡风玻璃都碰碎给永久留下的。

娘是在上香的时候跌倒的，而且永远倒下去了。当时，父亲在门边的灶炉前吃饭，他的食道癌查出来一个多月了，家人瞒着，他也清楚。每次吃完饭，父亲都得靠着墙歇上一会儿。迷糊之中突然听到外甥女喊姥娘跌倒了，父亲急忙赶到屋里抱起娘，只听她长喘了两口气后就停止了呼吸，脉也没了，她就这样急匆匆地走了。

娘走后，父亲眼里常流着泪，并不住地在自己胸口上乱抓，喊着要追老伴去。说要是老伴能回来，让从房顶上跳下来也愿意。他还一声声地对着娘的脸责问："你不是说好了，等我走了之后你再走，为啥说话就不算数呢？为啥说话就不算数？这下该满意了，看你穿得多新，凤冠也戴上了……谁让你急着穿这身衣裳来？"伸手就要扯，大嫂赶紧拦住了，大哥也上前按住父亲的手。动不得手，父亲转而就瞪着发红的大眼，恨恨地呵斥我："小兔羔别不回来，等到街上排队的时候，看你还能不回来？"

排队，是村里的风俗。就是父母去世后，送葬时孝子们得排着队往坟上去。真是这样了，我把平日认为重要的事情都抛开了，回到老家和弟兄姐妹们一起站在娘身边。

这一句话，触到我的痛处，我在突然之间，真正回过神儿来。刹那间，一种巨大的悲痛袭上心头，泪水再也控制不住了。"娘、娘啊"，我大声哭了出来，一发难止，从后半夜一直到第二天上午。可娘再也听不到我的哭声了，我再也看不到坐在门口的白发老娘……

看着娘从原先穿的旧衣到寿衣到成殓入棺，直到下葬黄土埋没。与娘的距离，一层板的间隔，四五尺土深的距离，却胜似千山万水。常言道，能隔千里远，不隔一层板。娘可只有一层二三指的隔断，却远到黄泉

万里,远到阴阳两界。

第二天一大早,父亲急急地赶到八里庄的那个神婆家里,求给娘找一个不受罪的去处。他回来,显出高兴的样子,说,找好了,你娘过去不会受罪的。路上的小鬼,用钱给买通了,不会刁难的,还给找了个看花园的好地方儿。生前嫌闺女少,这下可整天守着花儿了。

父亲还提着耳朵给我们说,到了五七上坟的时候,给捏几个饺子,让妹妹捏七个,哥哥们捏八个,放在坟上。妹妹哭大声点儿,这一关是五阎王当审官,他没有女儿,一听见女人哭就伤心起来。他一伤心,审的就不用心了,娘不用受罪就能过关。父亲在庙里的墙上,见过人死后过七关的图画。他怕老伴在那个路上遭罪。

我觉得阎王也不会那么狠心的,娘小时候只摘过人家一把青菜,却被人追赶吓得屙了一裤子,自打那儿吓破了胆,往后再也不敢动别人的东西,就连孩子们动了公家的东西,也要数落一阵子。说,千万不要吃着碗里的看着锅里的,自个该是多少就多少。这是娘数落我们最多的话。

我女儿自小就在老家由大人照看,年迈的娘把全部的爱心都给予了这个孙女,并把她当作自己生命中不可缺少的一部分。然而,当她到了该上学的时候,我想让她到城里上学,此时娘自然难舍,纵使心里有一万个不情愿,却没有说一个"不行",当把女儿接来的时候,我看见娘眼里满是泪水,尽管这样,仍然抱住孙女说:"进了城,要好好上学,听你妈妈的话,不要把奶奶给忘了。"

父亲给大队开水泵,大队欠了他上万块钱的工钱,到死都没有要回来。还是一个撞姓认过来的干儿子当的大队会计,父亲几次想给他闹难看,都被娘劝住了。娘说:"本来就是一个干儿子,现在还来看看你,要是吵了,他还理你呢?也让别人看笑话。"

大哥虽然在名义上过继给了大伯,可在娘的心里跟没过门儿一样。两个大孙子都是她给带大的。二哥成家晚,娘在做事上爱迁就,他和二嫂闹别扭了,先得挨娘的责怪。在我的记忆中,从未见过她和邻居拦过嘴。但是,婶子吃强,住在一个院子里,躲不过,容易为鸡毛蒜皮的事起

矛盾。娘吵不过,心里憋屈了,就一个人到村外没人的地方坐一阵子。娘说父亲脾气赖,两个人说不到一块,可孩子们很少看到这两口子吵架。

就为这,我觉得娘不会受多大的罪。父亲却说娘胆小,到哪儿都会有气受。有时,本有的几分欣慰的表情,会突然从父亲脸上消失掉,他又叹气了。"唉,都碍我这病,把你娘给耽搁了,先前她说头疼,去医院检查检查,输两瓶药就没事了,咱都大意了,都怨我的病。"父亲说这话时眼里就有了泪水,又用拳头捶自己的胸口。

父亲捶着胸口,我的心也在一下一下发疼。

疼,就疼在我对父母身体上的疏忽。娘电话里说,父亲的胸口老是发凉,暖水袋都不管用。让我领着到医院好好检查检查,别耽误了。父亲来了,我领着去了医院。心里却一直往轻处想,胸透的医生发觉了问题,让再查查胃镜。去了,说早上吃过饭了,不能做,我心里还有侥幸。改天哥哥做伴过来,父亲挨过检查棒,很快有了结果,食道癌,晚期的。父亲年龄高,高血压史长,又不能手术。

回家,没跟娘直说。娘有预感似的,不停说,爹这次得的是个实病,知道的。娘还说,人老了能不死?我觉得跟娘隐瞒了父亲的病,她又这么说,心里不会有太大的疙瘩。其实,我没能感觉到娘心里打翻的五味瓶。

春天里,院里的葡萄树根烂了,娘就有了心病。故乡人心目中,葡萄树旺不旺,随主人家的人气。所以,父亲胃病一开始,娘就想得重了。后来常觉得头疼,像有人用力抓。村里的交通已经方便,我也没到医院给娘查查。事后,医生说娘百分之百,是因为严重脑溢血过去的。要是早早看看,输输液就不会出现这个悲剧。倒是当孩子的,把娘迷信、不愿去医院做了挡箭牌,没有及时检查治疗给耽误了病。

其实娘的心量并不大。大哥二哥在村里,却不怎么和气,不少时候让她为难,十个指头咬咬哪个都疼。我又在外面,有了急事,往家赶也得有个时间。妹妹嫁到外村,留了一个外甥女在跟前,也到乡里上初中了。她唯一想指望的老伴,又有了不好的病,便总是一个人叹气、发愁、害怕,怕走到老伴的后头,一个人孤单无助。她爱说,两个人总不能一块走

了，反正得一个人在后头。这，成了她的心病。娘，是个有病的人，比父亲的病还重。

冀南乡村老家，不比江南水气大，又没有西北高原上的风干。四月，还不是热气盈人。正常的是排五或排七出丧，因为犯七犯八的缘故，就成了排九。为了防着尸首变坏，二哥按照路边墙上的广告，找到了一个打防腐针的。听说都一个晚上多了，怕防腐剂输不进去。二哥很固执地让试试，不行是天意。医生还未解开娘的寿衣，就说肯定从胳膊上输不进去了。二哥抽泣着都有些生气了，不试怎么知道进不去？一试，滴管里还真的和正常人的一样。医生听说娘一生都没输液，这时却能，咂着舌说，是奇迹。

第三天就该成殓。儿女们要给娘净面。每个人手里捏上小棉球，蘸上清水，依大排小，分别给娘擦擦脸。擦完后，儿子和媳妇把棉球丢进棺材里，女儿的则扔到外面。这也是最后一次靠近娘的脸。对好多人来说，是人生之中的第一次也是最后一次。这样做，娘在儿子身上则是很平常的事情。还有先前给娘穿寿衣时，我也是第一次给娘洗脚，更感到对不住娘。以致在一次，单位的同事去世了，儿女们生意做得大，让别人代替给父亲擦脚。我急了，必须让他们的儿女一个个的来擦。

第四天夜晚，起了大风。突然，一阵恶雷从房顶上滚过。父亲赶紧扑到棺材上，大哥跺着脚大骂老天爷不是东西。二哥则打着手电一遍一遍地看棺材底下的缝儿。我知道他们是怕雷炸了尸，心想打了防腐针的，不会有事。没有一袋烟的工夫，二哥带着哭腔说，娘的尸首流水了，几个人弯下腰，看到了后边的缝儿里往下滴水儿。在灯照下，闪着光亮，是娘不忍离去的一颗颗伤心的泪珠。父亲护着棺材不松手，说："你就胆小，是不是想悄悄跑回来，又让人给逮住了？你想个啥，这不孩儿都在跟前守着你呢。"

又一道闪电，把院子照得透亮，接着又是大雨纷落。

本想让娘在家里多停留几天，但这只成了孩子们的一厢情愿。这样，就不得不提前把娘从家里移到坟地里进行掩埋，尸首再坏得很了，

埋的时候抬棺的人就不好受了。

当地有掩埋的习俗。就是热天的时候，怕尸首腐烂，提前移到坟坑里面。到出丧的那天，只将一个牌位插到馒头上面，用椅子抬到坟前就顶了。对娘也只好采取这个办法。

我和两个哥哥，急急地把棺材油漆了一遍。第二天上午，找来攒忙的乡邻们，到坟上给娘打墓坑。

坟地是爷爷老弟兄两个选的。爷爷是灾荒年里带着儿女们，从永年大北汪的一个小村逃荒过来的。解放了就在这里安顿了下来。坟地在村西一块名叫小狗地的坡堰根儿，地的形状像一把椅子，就是两个扶手不正。有风水先生说，家里能出个文化人，就是弟兄们不和。

娘生前觉得最让她受气的是隔壁的婶子，已经先到这儿十几年了，也不知谄她的性儿改了没有？娘过来，她们还会吵架吗？父亲拖着病体，亲自赶过来，交代墓坑的位置，还交代了"东南方向、深度四尺五"的话。他怕摆布不妥当了，到这儿了弟兄们再吵闹。娘又是单个过来，别让那个兄弟媳妇给气受。

下午，乡亲们过来，就把装着娘的棺材抬到坟上，掩放在墓坑里面。

当深红色的躺有娘的棺材被人抬出屋子的时候，我的心一下子就空当当的了，也跟着娘一块走了。看着慢慢走动的深红色的棺材，那几个"驾鹤西去"的金黄大字在阳光下闪出刺眼的光亮。娘真的走了，有鹤相伴吗？我看着在弯曲坡路上起起伏伏的棺材，是那么的孤独无助。就像娘一个人走着，路崎岖不平，不能回头，直到遥远。

当娘的棺材被徐徐放进墓穴，我站在坑边不愿回去。透过棺木，我仿佛能够看到静默安睡的娘。但愿娘能真的安静，日后世间的烦恼，再也不会打扰她老人家了。

可她真的能心安吗？她一生都在祈望儿女们安顺和好，最后的愿望也没能圆满。她能心安吗？我还是国家干部，却没能解开两个哥哥平时磕绊结下的疙瘩，到这个时候他们还别扭扭。就为这，娘也不会心安。雷电的惊骇，比不得内心的煎熬。加上父亲的病痛，在家的每一天，娘都

不会心安的。

夜里一点多，我和两个哥哥得到坟上守着娘。近年附近村庄有女人尸首被人偷去给别人配阴婚的事情。本想着村西坟多可怕，没想到一出去根本不知道先前的害怕来自何处，心中老是出现娘的身影。站在娘的坟头，更不害怕了。娘那么慈善，连旁人都不愿意得罪，对自己的儿子们还能有赖心？

两个哥哥坐在坟旁的土堰上，挨得很近。大哥出了几口长气，说道，娘这样走了也好，没受罪。走到爹后边了，一个人也受罪。还是那句话，"美院豪宅是旅店，荒草野岭是家园"，娘是回家了。二哥没有答话，掏出一支烟要抽，打火机的火几次都没有点着烟。我站到他前面要给照着，却看到他泪流满面。

抬头看见满天星斗，有一颗是属于娘的。这颗星，将永远闪耀在我的心头。四周一片寂静，只有虫鸣吱吱，没能给我一丝惊吓，倒觉得它们在给娘唱挽歌呢。近处及远处或低或高的树影子，如一尊尊兵马俑里的士兵，在为娘守灵。我用手电灯照见娘的棺材，静静地躺在新鲜的坑穴里。这里是她的新家，也是儿女们永远的家园。娘会像生前一样，倚着街门在等待孩儿们回家。

一生不曾住过豪宅的娘，从此有了豪大无比的广宅。苍穹为庐，厚地为铺，日月光照，群星璀璨。娘不曾享过生的大福，疲惫的身心，在大地这温暖的家园里，会得到彻底的休息，此刻，我的眼前幻化出了一团宅院，青砖红瓦，树木繁茂。我仿佛又看到了白发老娘，正坐在门前的石墩上，一双慈目正向我和哥哥看来。

第 二 辑　农家情

五彩梯田　（李自岐　摄影)

故乡有块小菜地

2005年5月初,组织上安排我到外地挂职锻炼两个月。尽管父母离开人世已经半年多了,在临走之前,我却还像往常一样,想回老家去看看。从学校毕业后,我一直在距老家不远的小县城工作,多少年来我养成了一个习惯,每次出远门前,都要回老家看看父母。别看我都四十岁出头了,可还是孩子般的恋着大人,几天不见就想父母了。要说,我现在是一个局的副局长,管着不少事情,在社会上称兄道弟的人也不少。可是,跟他们在一块儿,总不比在老人跟前,想咋的就咋的,没啥顾忌头。父母是我的一个绝好的避风港,在那里,我累了能得到放松,心里有了疙瘩儿,父母总有办法儿给我解开。

这次当我又提出回老家看看时,妻子说老人不在了,就别回去了,回去你又伤心。可我却老是觉得父母不曾离去,好像他们还在老家盼着我回去呢。妻子见我固执,像哄孩子似的说:"也好,由你吧。"就这样,我便和家里人一块儿坐车往老家赶。不过二十分钟车程,就进了老家的地界。只见路边的小麦都吐出了穗儿,齐刷刷一片,一阵风吹过来便有了涌动的波浪。洋槐花正开着,散发出浓浓的甜香。梧桐花已经开始凋落了,树枝上还有零星的残红。地里面,不时能看见农民在麦田里浇水。以往这个时候回来,父亲大半也会在地里侍弄庄稼,要不就在门前那块小菜地里看北瓜秧苗上齐了没有……

一到村口,看到的都是熟悉的乡邻,隔着车窗我跟他们招手。不知怎么就觉得有些哽噎,说不出话来。老家的院落离村口只有百十来步,抬眼望去,就看到了老家门口挨路边儿的那块小菜地。突然间,小菜地里那棵苹果树旁站着的一个十分熟悉的身影,一下子把我的心揪了起

101

来——那不是父亲吗？这几年我回老家，每次都能在小菜地里那棵苹果树下看到的那个身影。谁说父亲不在了，他手里头一定还拿着刚拽下来的嫩黄瓜，要让我和孩子们尝鲜呢！

恍惚中，我清清楚楚听到父亲在呼唤我乳名的声音：竹子，回来了，竹子……我赶紧推开车门就向那身影跑去，一下子拥抱父亲，我又握住了他长满老茧却温暖着的手，我的脸又感受到了他那硬拉的胡茬，我抑制不住内心的悲伤，先是一阵哽咽和抽泣，后来竟失声哭了出来。

"就怕你这样，跟了你回来，你抬起头看看这是谁？"妻子赶过来边说边从后面使劲儿拽我。我的头慢慢离开被泪水打湿了的那肩膀，泪眼中看到的是一张憨厚的脸，满溢着十分熟悉的父亲般的慈爱。"竹林子，都这大了，还这个样子。"这不是父亲的声音，父亲叫我从不带"林"字的。我赶紧擦了擦眼泪，这才看清楚眼前站着的竟是大哥，是我的大哥啊！

父亲头些年常常时不时地骑着自行车到城里去看我。到了晚年，骑不动自行车了，就盼着我回去。因此，一到星期天父亲就在家里坐不安宁了，立在门口又怕让别人看到了笑话他，说他整天想儿子，就下意识地到小菜地里摆弄茄子秧、豆角架，锄几下已经很松软的莱畦，但目光总朝着村边大路口。每当有小车过来时，他都会欣喜异常，如是小车没有停，眼睛里就是无限的失望。如有小车停到了自家门口附近，他都会屏住呼吸看下来的是谁，而一旦看到我和儿女们的身影，便会撂下手里的农具，满脸带笑，急忙忙从莱田里紧走出来。

隔的天数多了，他便会说："再不回来就去你那儿了，你娘夜里还数叨来的。"如儿女一块跟我回去，父亲会接接这个，摸摸那个，说孙女儿长高了，孙子儿变瘦了

记得父亲在临去世的前两天，都已经汤水不进、昏迷不清十多天了，却突然拖着沉重的病体，非要让我和大哥架着他出来在小菜地边坐一会儿。当时大哥还说，这块儿地有啥看头的，都冬天了也没长东西。现在我才终于明白，这块小菜地饱含着父亲对在外面工作的儿子深深的

思念之情,小菜地使父亲有了精神寄托。

这块小菜地是父亲生前利用了院墙与路边儿形成的一个三角空地垫出来的。父亲种出的菜总是油汪汪的,他总会把新摘的时令蔬菜给我送到城里来。他说,这几年村里自个种菜的少了,村外的菜地种了菜也长不住,不是猪拱了就是牛吃了,再不就是让人给偷了,他种这块菜地最开心的就是能让我经常能在外面吃到没使过化肥的真正的家乡菜。有一次我无意中说,现在外面卖的苹果也有上化肥打催熟剂的,没想到父亲当年就在一个冬天的夜里,悄悄到村上一个都说苹果最好吃的苹果园,便弄了一棵较小的苹果树栽到那块菜地的南头。苹果树在父亲的悉心照料下,长得很快,两三年间就枝繁叶茂、硕果累累了,吃起来又甜又脆。我和母亲都爱喝放了笨北瓜熬出的米汤,有一次我从外面菜摊上买了一麻袋,父亲一见就说,不定在地里使了啥东西儿,肯定不如自个儿种的好,后来他就在那片小菜地的四周种上了笨北瓜,围着的酸枣棵正好成了瓜蔓的架枝,那翠绿如伞的叶片和灿烂如金的瓜花,将小菜地装点得生机勃勃;秋天里的北瓜又粗又长……也正是这块小菜地,使父亲多了到城里看我的理由。

透过叶隙间结满花骨朵的苹果树,我看见小菜地里的两畦豆角和黄瓜,刚长出几片油绿的叶片儿,阳光下显得劲头十足。就连母亲去年种的山药,今年竟抽出了筷子般粗的芽蔓,早早就爬上了枝架顶端。"过不了十天二十天的,豆角就都能吃了,到时我先给你送去一些。"大哥的这句话,让我又一次重温了父亲在世时的情怀,悲喜交加之间,一股暖流迅速传遍全身,我的眼泪不觉落下来了。

其实,动身回老家前,我没给大哥通电话,原因是大哥也够忙的。大哥没有与父亲住在一起,一个在村东南头儿,一个在村西北头儿,有一里多地远。平时父母身体硬朗,大哥又在一个炼铁厂打杂,难免就到老人这边走得不多。我回老家也很少见到大哥。等老人都去世后,大哥才搬过来住。他今天却也像父亲那样站在那棵苹果树旁等我回来,这是冥冥之中父亲告诉他的吗?要不为什么他也像父亲那样,在这里等

我回家……

　　大哥和父亲个头差不多，只是身材瘦些。为了两个上大学的儿子，五十多岁的他仍不得不靠卖力气挣钱。村里与他同龄的人，儿女们没能考上大学，倒省了力气，田里家里多了帮手。可大哥不后悔，只要儿子能有出息，再苦再累也认了，就像当年父亲供我上学一样。看着站在眼前胡子很浓、露着憨憨笑容的大哥，突然就想起《北国之春》里的一句歌词："家兄酷似老父亲，一对沉默寡言人。"但大哥虽憨厚却不寡言，忙让我往家里去。嫂子也从屋里迎了出来，她身后有一只小黑狗儿，看到我也没叫唤，直奔过来，在我脚上一个劲地嗅闻，还将头靠在我的裤腿上来回蹭摩，并不住地抬头用眼睛看着我，显得很亲热。大哥很高兴地跟我说，这狗儿也真能认得自个家里的人儿，陌生人来了一个劲地叫，头一次见到你都不叫一声，通人性啊。是啊，家里的小狗也在盼着我这个在外面的自家人呢。

　　来到院子里，就看见父亲晚些年栽在土堆上的那棵苹果树，上面结满了稠稠的嫩果儿；院中间的那棵枣树的枝头，结了一层密密的青米粒；西围墙根儿的香椿树，枝叶舒展；堂屋门口的小石榴树，也抽出紫绿色的叶芽；我不禁感叹道，这些树木也通人性啊，去年它们可能感知我父母要离世的悲情，一个个都像得了重病一样，打不起精神。那架枝蔓粗壮的葡萄树，竟在春天里连芽也没发就死去了。而今天这一切都不复存在，我又看到了父亲康健时精心侍弄的小院景色。

　　看着院子里熟悉而又新鲜的一切，听到大嫂爽朗的笑声，还有侄孙子在叫着我爷爷并满院乱跑，又看见南墙根儿铁丝笼中那一对活蹦乱跳的大白兔。这一切，如清风般唤开了我心头久积的阴云。大哥知道我爱喝米汤，就新碾了一袋小米，还蒸了一大锅馒头让我拿走，这可都是从前父亲最结记的事啊。

　　父母去世后，我曾一度陷在深深的忧伤之中不能自拔。大哥听说我整夜地不能睡，人也明显瘦了，也没个精神，怕再出了别的毛病。便多次跑到城里，劝说我要想开，甚至还找来巫婆给我使法儿……那时只要听

到"故乡"二字,就伤感,就要落泪,认为故乡随着父母的离去而在我的感情世界里消失。甚至,我都害怕回老家,即使给父母上坟,也不敢往老家拐;因为公事要过村口,我也不敢往村里边扭头,我怕看见门前那块小菜地会更加难过。就连在城里碰到了近邻,只要是听到"回老家了,到俺家里去坐坐"的话,我就觉得心头发酸,泪水不由地涌出眼眶……

这一次我却由衷地感觉到,只要有大哥在,老家离我还是那么的近,那么的亲呀。我还可以像从前在父母跟前那样,可以哭、笑、耍小孩子脾气。常言说长兄如父。要是父母真的在天有灵,此时此刻,我想两位老人也会因此而在冥冥之中含笑安息了。

母亲不愿过生日

在我们乡下老家,父母到了六十岁,孩子们就要开始年年给他们做生日了。到了父母生日那天,晚辈们都要过来,放鞭炮,吃生日蛋糕,在父母跟前热闹一天。这一天,往往也是老人们最快乐的日子。他们从儿女们的祝福声里,感到了辛劳一生的无悔,感到了人生的温馨和满足。所谓的天伦之乐,大概这就是。

然而,我的父母都快八十岁了,都无福享受这一人生的乐事。甚至,连父母的生日是哪一天我都不知道。

今年国庆节回老家收秋,这天早饭母亲做的是面条。农忙时,地里的活儿多,庄稼人只要来到地里,干活儿总要干到一个圪节头儿上。有的时候,早上出门,会到了天黑才能回家。然而,这一天一大早,我却看见母亲在白瓷盆儿里和面。现在村里有了馒头房,农忙时,用麦子现换馒头就行了。再说还有满地的谷子要收割。母亲这是要做什么呢?我有些疑惑。随后见母亲把案板放到床边上,操起擀杖细心地用布擦了擦,我知道母亲是要擀面条了。

我记得母亲平时是很少擀面条吃的,只要她亲手擀,总是与家里的一些事情有关。在我小的时候,遇到节日或家里来了亲戚,还有兄妹中谁过生日,再就是我们兄妹中有人生了病的时候,常常会看到母亲擀面的身影。那年月面条可是农家的上等饭,尽管有时白面里也会加了粗粮,但吃起来都很好吃,特别是浇菜里面,放上从地里新采的韭菜,便会有一股清香扑鼻入口。还有一个说法儿是,生日里吃面条意味着能够长寿,面条越长福寿越长。自打我毕业上班,尤其是成家以后,回乡下老家渐渐少了起来,见母亲擀面条的机会也越来越少了。可是这天在我的印

象里不是什么节日，也不是我的生日，几个做儿女的都早已成家在别处过着自己的小日子。况且正是农忙时节，家里还有我从城里买回来的加了蛋清的机轧面条，母亲却要擀面条吃，这到底是为了什么呢？

我一边问母亲大忙天的，为啥想起了擀面条，一边嗔怪母亲一大早起来，不该费事做面条吃。开始母亲不语，只顾做卤(浇菜)，并往滚开的锅里下面。过了一会儿，嘴里说道："你回来都好几天，还没吃过娘手擀的面条，你不是总说在外面的饭店里好要手擀面条吃，娘就想饭馆子里面做得再好也不会像大人做的尽心，今天就让你再尝尝娘擀的面。"母亲这样说，颇像电视广告中的一句广告语，但我总觉得这其中似有母亲的另一番心意。在家这几天我从没有提到要吃手擀面，何况地里的活儿又挺"赶手"。我就说："我回来又不是外人，大忙天的吃口什么不行，干吗要费这个劲儿？"

见我如此说，母亲便直言道："娘给你说了吧，今天是娘的生日。"说了这句话，母亲多大一会儿没说话，好像在想着什么事儿，想说什么又不愿意说出口。又过了一会儿，母亲长长地叹了一口气："我给你直说了吧，当娘的起先还真想让孩子们给过过生日。我也没有多少年活了，再不过怕是一辈子就过不了生日了。唉，你看能？"这时，我看见母亲眼里噙了泪水。"每当看到人家老的过生日，一家子人团团圆圆，那个热闹劲儿是哪辈子修的福？娘这一辈子是在哪儿造的罪，就硬是没这个福分。"

闻听此言，我的心咯噔了一下。我们几个做儿女的别说给老人过生日，就连我这个还算孝顺的儿子，都到了不惑之年，才第一次听说和知道母亲的生日。要不是母亲自己说起来，难道只有等到母亲百年之后，才去打听？只这么一想，心里便有了一种深深的愧疚。

我曾听母亲说过，她自小就没了亲娘。我记忆中的外祖母不是亲的，是外祖父后续的。那个外祖母脾气怪得很，本来她不能生育儿女，按说应该对孩子们好点儿，可是没生育反倒成了她的心病，这个心病又使她总把火气发到孩子身上。外祖父又生性柔弱，这下就没母亲好日子过

了。挨打挨骂都成了家常便饭，谁还会给她过生日？当母亲记事，又赶上日本鬼子侵略中国。外祖父那个村子离京广铁路近，常有鬼子进村找破坏铁路的八路军，村民们为了活命四处躲藏。那年月性命都难保，谁还顾着儿女们过生日的事情？

快解放时，母亲嫁给了父亲。我现在的老家并不是真正意义上的老家，是我爷爷奶奶领着三个儿子要饭来到这里以后，因为这里解放得早就入户了。我上学时，学校的忆苦课都是我爷爷和叔叔给大家讲的。村里还把我奶奶领着孩儿讨饭被人欺、被地主放狗咬的情景，绘成图画教育后人。土改斗地主时，我爷爷奶奶和孩子们分得了地主最好的楼房。尽管现在已经破旧得没人愿意进去，但在当时也曾很让村里人羡慕。母亲嫁过来后，本觉得是享福的事情，怎奈又遇了父亲的邪脾气，两个人难以说到一起。在随后日月里，几个孩子陆续降生，她便开始为养育儿女而没日没夜地忙碌。这个时候，母亲早把自己的生日丢到了一边，心里想着的却是儿女们的生日。

待孩子们都成家了，生产队里的地也分到各户，人们不再为吃饭发愁。我也毕业在城里吃上了"皇粮"，乡亲们说起时父母脸上也觉得有光。同时，父母也都到了古稀之年。按着风俗，父母到了这个年龄就该做生日了。

可是我的父母却不能如愿。看到同龄人过生日的时候，他们也想，但是不能。因为两个儿子，也就是我的两个哥哥因为脾气不投还有家务上的事情，便有了磕绊，两个家庭之间的关系也搞得不和睦；甚至连面都不愿意见。有时由于错不开的事，两个哥哥见了面总要生出些不快。为此，父母不愿让在高兴的场合有扫兴的事发生。

父母为了不拖累儿女，总是想着多下地干点活儿。地里的活儿，整年没有个清闲的时候，老两口总是忙里忙外。尤其是母亲，忙了家里忙地里，至于自己过生日的事，也许只是到了日子自己在心里念叨念叨就算过了。

如今能活到父母这样年龄的老人，在村子里已经不多了。他们能活

这么大岁数，在别人眼里已经是一份不小的福气了。母亲常说："我现在什么也不求，生日也没啥过的。只求自个儿的身体别有累人的病，哪怕一闭眼就去了也好。"此时，母亲也许觉得，自己能有个不拖累儿女的身子骨就比什么都强。自己过不过生日，对她来说倒不是十分重要的事情了。她今天擀面条也许是觉得生日这天，难得能有我这个平时不在身边的儿子在跟前。她觉得有一个"出息了"的儿子在身边陪她吃顿生日寿面就满足了。

要说我们现在兄弟姐妹也一大家子人，尽管大哥二哥关系不融洽，只要老人有这个心思，儿女们是会响应的。我也多次给母亲提过过生日的事，父亲也赞同，可是母亲说什么也不同意。我清楚她内心最记挂的，还是大哥二哥之间的事，在孩子面前，没有拿理儿的必要，手心手背都是肉，十个指头都连心。为了这些，母亲也就不再讲究那么多了，至于过生日得破费钱财，倒在其次。

母亲在心里时刻记着我们的生日，而自己从不愿过自己的生日，这是多么无私的母爱啊！然而，天下母亲的情感都是丰富细腻的，她又何尝不愿在过生日的时刻，体味自己的天伦之乐呢？

春联之园

　　如今过年，人们贴在门口的春联越来越漂亮。起初是城里的大街上书法好的人手写的春联，不少是书写的人在场，让买者自己挑选书写的内容，然后挥墨写就。也许嫌这样做影响效率，写春联的人就提前写好拿到大街上卖。头些年我为图省事也是从大街上买现成的，回家一贴完事。这两三年倒是更加省事了，有个连襟在银行上班，到年根儿了就会把成套的春联拿过来。同时，超市、商场、通讯缴费处，到年跟前也给前来消费的人赠送春联。过年了，谁还不买买年货，光商家赠送的春联也用不完。大街上卖春联的跟前，买主越来越少，而他们的市场已经快速地由城市转向乡村，他们所卖的春联也不再是手写，是从印刷厂里批发出来的。有这么多得到春联的途径，何况人们现在的生活水平绝不会再差距到买两副春联上面。

　　如此一来，字形美观、色彩鲜艳的春联确实让人欢喜。但是这华丽的表面，却又让人渐渐生发出美中不足的感觉来。我对春联的记忆，是从我和哥哥们自己动手写对子开始的。父母没有多少文化，母亲至死连自己的名字都不会写。大哥二哥都是初中毕业，那时学校是有毛笔字课程的。家里都有墨汁和毛笔，过年的对子是大人检验和展示儿女们毛笔字写得好坏的时机。除了那些自己写的毛笔字不好，又没有儿女上学或自己家里没人会写以及讲究门面的人家，儿女们写出的字再憋屈歪扭，父母也会乐滋滋地贴在门口。父母还会领着孩子们到别人家门口看，让孩子们通过比较看出自己的缺点。过年了，父亲从村里的供销社买来两张大红纸，回到家后，就把我们弟兄几个叫过来，按照屋门数量的多少割成长条或方块，再找来农历书，让我们从里面的春联页面上挑出想写

的内容,便开始写,不管写得好坏,父亲要我们每个人都得写。但是,父亲仍然是不管写得好坏,都是让大哥写大街和屋门上的,我和二哥写的多是贴到院墙、梯子、树木、屋墙、粮仓、水瓮等不大起眼的地方上。刚开始我还不会写毛笔字,也学着哥哥的样子,在裁掉的小纸条上涂抹,就这样父亲也会粘到院里堆放的砖块、坐石、梯蹬上,说这总比光秃秃的好看。有邻居过来,夸我们写的字好并希望能够替他们家写几副对子,是父亲挺高兴的事情。

当时,从门口的对子上,就可以看出村里谁的毛笔字写得好。有一手拿得出手的毛笔字,在村子里是让人高看的。红白事上便有人请去写对子和帖子,大队部和春节慰问军烈属时用的对子,就是从村子里毛笔字写得好的人中挑出来写的。大队和小队会计的人选除了算账清楚外,就是得有一手好毛笔字。大哥也曾因写的毛笔字算可以,在小队当过几年会计,还在民兵队里当过不大的头目。记得我们村有个晚清时的举人的儿子,毛笔字写的有特色,尤其是草书,在乡里县里都有名气。尽管当时还是以阶级斗争为纲的年代,他这个在村里唯一的地主子孙,也没见挨过批斗,他在村里走在大街上从来都是昂头挺胸。因为公社书记请他过去,为新落成的公社院大门写了一副对联。时光荏苒,至今那几个龙飞凤舞的草书大字"世上无难事,只要肯登攀"还保留在旧公社的大门上。

两个哥哥成家后,就与大人分开住,我因为上了中专之后又在城里工作,回到老家就和父母住在一起。过年写对子的事情就是我的任务了。开始我也是自己裁纸书写,之前总挂心从报纸或农历书上摘抄几条词句新鲜的春联,也有往年从别处看到的有意思的内容。大年三十上午,伏在小吃饭桌上,将街门、屋门、天地屋上的对子和炕里的大街门对面的院子里的墙上的条幅,一一写好,然后父亲就会打好糨子,拿了笤帚,搬着高凳,帮着我将对子粘好。我知道自己的毛笔字写得不好,可父亲每次将对子粘完之后,都看得很仔细,还不住地点头,像有学问的样子,脸上的笑容一直没有离开过。

改革开放后,随着人们生活水平的提高,对春联的要求也提高了。起初是找邻居或村里毛笔字写得好的人帮忙,再后来,村里公认的毛笔字写得好的人也有了经济头脑,年前早早就在大街上摆着桌子给人家写对联,一副就收一两毛钱。别人也不在乎,对写字的人来说,既发挥了喜好,又挣个春节零花钱。而我父亲却没到街上买现成的,都是等我回来给写,娘也说,自家能写何必花那个钱,你成年不在家,大人看到儿子写的字,心里面高兴。再后来,县城的大街上也多了卖对联的,不少名家高手在此挥毫泼墨,一展潇洒笔迹。我也开始在大街上买现成的回家过年了,每次买回去,父母都会说能费多少劲儿,贴到门上父亲看的也不再那么仔细了,母亲说得更直接,不一样红红花花么。

如今,除了确有爱好书法的坚守者外,已经很少有人动笔书写春联了,商家卖出的春联上镀金溜圆、美观大方的字体,已经不再出自一个个对文字对词句有着真爱的书写者温情的手,而是来自流水作业上一个冷冰冰的机械环节。人们似乎都在讲究效率,想着如何省事,总希望需要的东西都是现成的,金钱也确实帮他们完成了这个心愿。春联,再不是人们对生活憧憬的文化体征;春联,越来越成为人们的过年应景之秀;春联,那浓厚的文化底蕴正在人们的心目中淡漠。

我自打在城里安家,一张出自自己或儿女书写的春联都没有贴过。尤其,我还算一个文学爱好者;尤其,女儿就是学习美术的,练书法的纸用了几打,我却没有让女儿的一个字写在春联上。头些日子在市区的一条街道旁,看到本村的一位毛笔字写得相当好并为不少人家写过大街门上对子的长者,在给人算命,看到我还很不好意思。我问他还给人写对子不,他说早不写了,也没有人用写了,都是买现成的。我又打听起和他齐名且儿子也有一手漂亮的毛笔字的同伴,他说混的还不如他呢。那家人对书法太用心,做别的事情脑子不灵活,家里的经济条件在村里很一般。后来,那家父亲在村里给人补鞋。年轻人都到外面打工了,岁数大的又不穿皮鞋,有一做没一做的挣不了个钱。他儿子一家更让人说闲话,媳妇嫌自个男人挣不足孩子上学的钱,就自个用身子从别的男人手

里挣钱。他孙女看她挣钱轻巧，也不好好念书，也往歪道上想。他眼看着不能说，天天气都吃饱了。说这话时，这位长者不住地唏嘘，我则觉得心沉沉的，但又是只能和着长者唏嘘。

　　写到这里，我想起头两年网上流行的一个字，叫做"囧"。而我对眼下春联以及被淡漠的记忆，只能发出心底之"囧"了。

哎哟，娘

大哥做了疝气手术,都五十岁的人了,痛的时候不住声地哎哟哎哟喊起娘来。"俺儿准是受了大罪儿,肯定是受不了了,要不咋就这样!"娘说着这话就含着泪不停地叹气。

大哥的手术是在城里做的,当时我每天都到医院里去,跟相熟的医生说说多关照的话,就回机关了。大哥疼得喊娘的话我没有听到,毕竟我在大哥身边呆的时间有限。但手术后几天里,每次见到大哥,他都难受得连说话的力气也没有,后来嘴唇也裂了,又长了燎泡,我就知道大哥受了啥样的痛苦。

儿是娘的心头肉,大哥住院的日子,母亲虽是心里挂念,想着要来,却因为身体不好没来成。大哥从医院一回到家,母亲就急急地赶了过去,喊娘的话一定是这个时候她听大哥说的。星期天,我连忙赶回了老家。到家后,见母亲正打理家务,心里就稍稍地放宽了些。

问起她的身子骨好转没有,说是前几天突然觉得左手又疼又麻,夜里也睡不好觉,就让父亲找了医生给看了一下。这两天轻多了,不提重东西儿时,也觉不出什么痛了。又问了父亲身体状况,说也不错,地里的活儿一样也没耽误了。

随后,母亲说起大哥做疝气手术的事情来。

"听你大哥自己说,刚做了手术的那两天黑夜里,难受得不打住地喊娘。也不知几辈子造的罪,你两个哥哥就都得了这个病儿,都给拉了刀子,花钱不说,受多大的罪。"当娘的自然心疼儿子……

接着,母亲又责怪起我来:"没法儿说你,有啥事忙着呢,你哥哥受了恁大的罪,也不挂心,连跟前也不在,你倒像心里没事似的,夜里也能

睡好觉。你小的时候要是有点小病,别说当大人的,就是你哥哥们也不安生。"

听母亲这样一说,我还真内疚起来了。大哥在医院里躺着受疼,我却总是因工作的事离去, 他哪里知道我的好多事就是与人在饭店里喝酒? 回想起来就觉得对不起大哥。

就在我脸红得阵阵发烧的时候,母亲又数落起大侄子来:"小军你也不是小孩儿了,还不懂个啥事,你爹刚做了手术的那两天,医生不让吃东西,就给输液,咋儿顶住了空肚子难受,光嘴干巴得也受不了。傻孩子可也该用个棉花球蘸点水,给你爹湿湿嘴片,也不会满嘴都起了疙瘩,难受得整夜喊娘来。"做疝气手术的人,最难熬的是手术做完后的一两天。在此期间是不让吃东西的,连水也不让喝,怕的是手术时粘连了肠子,吃的东西下不去,所以要等上下通气后才能进食。尽管给人输着药水,可长时间不吃东西胃里空得厉害,口渴得难耐。大哥就说过,当时刀口内外的疼痛憋胀,又加了饥渴,那才叫痛不欲生,难受死了。

记得头两年二哥做这个手术的时候,是母亲在身边照顾了几天,期间也没听二哥这样难受地喊过,原来还是当娘的心细,对儿子照顾得体贴入微,使病中的二哥少了些痛苦。

那时,只要二哥一喊嘴干,母亲就迅即用棉球蘸上水,在他干渴的嘴唇上轻轻地擦几遍,以此来减轻饥渴对人的煎熬。整日整夜母亲不停地用湿棉球给二哥擦嘴唇,再加上声声关切的安慰,如春雨润物般地使二哥不觉得多大的痛苦就挺了过来。

要说,大侄子照顾他父亲也算是尽心的,打心眼里也不愿意看着大人难受。可儿女对父母的关心,总是抵不过母亲对儿女的悉心。大哥在医院难受时,侄子每听到他父亲喊难受就说:"你别喊了,谁做手术还不难受几天,要不就都不怕开刀了。"他没有想到用水润一下父亲的双唇,连大哥自己都没有想到,小辈儿的就更想不到了。因为我们都是男人,男人永远比不得女人的细腻入微。比如父亲倒是来过几次,可每次看见,除了在心里替儿子难受外,就只有安慰了。就连我这个在世面上算

经了些事的人,也只知道劝大哥忍着点,开导大哥想开些,并不曾想能够有减轻大哥疼痛的法子。

要说用棉球蘸上水润润干渴的双唇,本不是一件难做的事情,就是没有想到,甚至大嫂照顾大哥时也没能想到。

但母亲却想到了。她懂得如何去关爱痛苦之中的儿女,尽管有时方法非常简单,却是发自内心,因为她是母亲!人在痛苦难忍之时,都会不由自主地喊娘、叫娘,这难道不是人们潜意识中"至亲莫如娘"的心理反应吗?

毕竟给予自己生命,并在养育自己长大的过程中付出心血最多的是亲娘,自己身心的任何损伤,都疼在娘的心上。"娘",温厚的母爱可以帮助儿女减少身心上的痛苦。"哎哟,娘!"喊过之后,人们往往会有一种痛苦的缓释。

有人把母亲比作佛,念佛人讲究心中有佛佛自到,而母亲这个真佛也会寻着儿女们的喊声来到近前,给你伤痛的心灵以无比的爱抚。正因为如此,这一声声喊娘,既是儿女们在痛苦中对母爱的依恋,更是对母爱的呼唤……

那年伏天的朴素记忆

进入伏天以后，天气就开始闷热沤潮，雨水也比平时多了起来。这样的天气，是够让人烦的，可在从前的故乡，却是搓麻绳儿的最好时节。

当时，乡下人一年四季从单到棉穿的鞋都是碎布片儿纳的底子，除了当兵和当工人的穿双塑胶底的。这布鞋的底子，为着结实耐穿，都是用麻绳儿一针一针密密地纳成的。人们在伏天里，是要把全年用的麻绳儿都给搓出来的。

伏天一到，母亲就会把整匹的麻放到水缸边的大盆底下，让它慢慢吸收潮气，用不了几天，麻就会变得软绵柔韧起来。这个时候取出来，就好搓麻绳儿了。

搓麻绳儿是年轻姑娘、媳妇们的拿手好活儿。一来呢是她们手巧，二来呢是手皮嫩和，麻丝到了她们手里就变得乖巧起来，像听话的小孩子似的。抽出几根儿麻丝，放在腿上轻轻一搓，只见麻丝就欢快地打着滚儿，先前还是散乱如长长的头发，转眼的工夫儿，一条条光滑结实的麻绳儿就流淌出来了。那年月村上除了上岁数的妇女外，女孩子们还有小媳妇大都梳着辫子，有的还挺长。这搓出的一条条麻绳儿，莫不就是她们精心梳出的生活的秀辫？

不下雨的晚上，街里路灯周围的房顶边上，就坐满了搓麻绳儿的姑娘和新媳妇们。说笑之间，如缕的匹麻如瀑布般地垂下来，渐渐在她们白净的小腿上，经过细手巧搓，伴着人们的笑声，和着女人们的柔情，变成了一根根光溜的麻绳儿，白天的劳累呢，此刻都在这融融的灯光里，化成了搓麻绳儿时的欢快。星星和月亮藏在高大的梧桐树上，静静地聆听新媳妇说给姑娘们的悄悄话。

阴雨天下不了地的时候,她们就会聚在大树下面,坐一个棒子裤儿编的垫子上,背靠着树,围了一圈儿各显身手。抽麻丝、弯身搓、撩麻绳儿这些连贯的动作,娴熟而又自然。女人们银铃般的笑语,伴着雨滴敲打桐叶的声音,如仙乐般悦耳动听。隔了雨雾从远处观看,朦胧间真如仙女下凡来。

这搓麻绳儿,在新媳妇心目中还是挺重要的事儿哩。那年月新媳妇进了门儿,第一年伏天里都是用足劲儿地搓。趁着没孩子前的利索,尽可能多搓些麻绳儿,以备着来年被孩子累住后用。新媳妇在婆家人眼里能不能干,先就是看你搓麻绳儿的功夫。这里还有一个俏心眼儿,新媳妇进门后的头年里面,一般是不会那么快就分家。只要不分家,这新媳妇的花销和置备东西,都得婆婆给掏腰包。即使分家早的,这第一年搓麻绳儿的麻匹和纳鞋底儿的布片儿都是由大人给准备好了的。所以,新媳妇在第一个伏天里都是不要命地使着劲儿搓。一来为日后留备些,二来也让婆家人看着自己能干。婆家虽然也心疼钱,嘴上却又没啥说的。

年轻人劲头儿大,干什么事情都要强。这搓麻绳儿的时候,别看有说有笑的,可在内心里却在比赛哩。谁都想数自己搓得快、搓得光溜。记得我有一个堂姐叫爱琴,人长得俊俏,搓绳子速度最快也最好。为这还挺让人羡慕,追求她的小伙子也特别多,倒让别的姑娘们心生忌妒。

要说这搓麻绳儿,看得轻巧,实际上也不容易。尤其是开头,腿上的汗毛往往会让麻丝夹住。这种感受可是不好受的,第一次搓的时候,大都要咬紧牙硬忍着,待小腿面上那段儿的汗毛掉得差不多了,也麻木了,搓起来才没有疼的感觉,嘴里的话便多了起来。一个晚上下来,她们的腿面便会变得很红,并有细碎的血痕。第二天到地里干活儿,小腿挨了雨水会针扎般的疼。但是,到了晚上她们就会把疼忘到一边。我也曾学着姑娘们的样子试过,可汗毛被拔掉的感觉实在不好受。于是,就在心里敬佩起搓麻绳儿的姑娘们来。

家里有姑娘们的,当娘的还可省些劲儿,要是没姑娘,多大岁数

了,还得自个搓麻绳儿。人上了年纪之后,由于长年不停地干着农忙,手掌过早地失去了柔性,长了一层厚厚的茧子,这个时候,麻放在手掌里,就愈发的不听使唤,有时你一用力,麻丝就只随手掌上下移动不打绺儿。即使强搓出麻绳儿来,也是松散无力,纳出的鞋底看着不光洁,穿起来也不耐磨。

我们家头里是仨大小伙子,妹妹最小。为了让孩子们有鞋穿,母亲在伏天里常用干燥的老手,不时地粘粘唾沫,用力地搓着麻绳儿。嘴里不住地说些羡慕人家闺女多的话。我们这几个做儿子的后悔不是女儿身,不能替母亲搓麻绳儿、多干些针线活儿。为了减少母亲的辛劳,我们兄弟几个穿鞋都特别省,每双都是穿得鞋底露了洞,或是鞋底儿磨薄挨了蒺藜扎后,再让补鞋的给钉上厚厚的鞋掌接着穿。鞋帮与鞋底儿的连接处也总要缝补多次,还有脚大拇指的地方要加几次补丁的。

当时,乡下人都住在大杂院里,不像现在,孩子们一成家就搬进父母给盖好的单门独院享清静了。那年月村子里房基地管得紧,人们手里又没钱,有很多家里孩子多,房基地划出来了,好几年都盖不起来的。没办法只能挤在一起住,妯娌之间因鸡毛蒜皮之事闹矛盾的事也挺多。伏天里也没有电扇,更别提空调了。人们消暑的办法就是上到房上,或走出户外,在大街上、村边的麦场和水井旁边纳凉。

那时倒还有一个乐趣,就是听瞎先生拉唱。我记得伏天里,经常会有瞎先生到村子里来。我们村里也有两个卖唱的瞎先生,雨天里没处去就聚到了他们家里,所以觉得村里天天都有瞎先生在似的。

瞎先生来到村里,临天黑,往往会选一个门前有空地的人家门口,先拿出梆子,敲打一顿,便有热心人家给送去吃的。吃完饭后稍等片刻,就开始拉唱起来,用不了多大一会儿,他们身边就会聚集起很多人来。都是大爷们和凑热闹的小孩子们,女人们要忙着搓麻绳儿和做些针线活儿呢。

瞎先生有时一个人,有时几个人,还有和媳妇一块儿来的。他们随身携带的有二胡和梆子两样东西,二胡是在晚上拉唱用,梆子是在白天

沿街敲着用，为的是讨些饭食，或给人算个卦赚个小钱儿。他们拉唱的无外是老戏的段子，也有有心的自己编段子。瞎先生凑在一起时，也有分角色演唱的，浑然一体如一个小戏班子。他们一般都会从傍晚一直唱到多半夜，感谢村里人的厚待。当时乡下文化生活很贫乏，村里那个宣传队又总在演着庄稼人不待见的样板戏。人们在这里品味到了中听的老戏段，还有生活中的家长里短，一个个听得如痴如醉。

待夜深快唱完的空当里，瞎先生为了讨得明天或阴雨天的食物，便要给在场的大人们散筷子。这筷子只要散下去，第二天一早家里人就会在还筷子时送上些干粮或米汤菜食等吃的。这散筷子是孩子们最乐意干的事情，每当要散筷子时，也有一些人赶紧离开，想省得一块干粮。可这些离去的人还没到家，就有小孩子们把筷子给你送到家里。第二天你要是不把干粮送来，小孩子们还会各负其责地上门去讨要。这样做，小孩们图的是兴趣，那些大人们也不责怪孩子们，往往一笑了之。孩子们这样做，还有一个目的，就是想着让瞎先生多给他们讲几个天上的神仙故事。如牛郎织女、七仙女和孙悟空等故事，我最先是从他们口里听到的。

除此之外，我们小孩子家还喜欢在村边的麦场上捉迷藏，玩累了就会躺在麦秸上数星星，都是很晚了才恋恋不舍地回到家里。或在院内或到房顶上，在父母的蒲扇下，进入梦乡。

这样的日子尽管过去几十年了，可每次想起来都历历在目，尤其在我身心疲惫的时候，想起来，就如一缕清风吹过，伴着麦田的馨香，让我陶醉，犹如一杯岁月陈酿的老酒入口，浓香沁人肺腑。

如梦的乡土

是十多年前一个高温多雨的酷暑季节，我回到老家。满地的玉米谷子窜起老高，玉米苞正在纷纷吐缨儿，嫩绿的谷穗迎风摇曳。

我在外面干行政工作，三十多岁时的身体还不如七十多岁的父亲身体硬朗。地里活，父母就没指望我干，只盼着我领儿子回家，老两口就高兴得不得了。

儿子在城里上学，回到家里看到什么都觉得新鲜，犁呀、锄呀、排子车呀摆弄个不停，可就是缺少玩耍的伙伴。于是我常喊了儿子，一块儿到村北河滩里转转。

来到村北，如到了一座天然公园。伏天下了几场雨，河滩坑凹处积了一汪汪的水，儿子看到后，很高兴。水坑边草丛中传出阵阵清脆的蛙声，水面上蜻蜓乱飞，更使儿子眼界大开。这村北河滩，有老家村里的辉煌。往前数，这里可谓良田万顷、土地肥沃，是村里的天然粮仓，只要你洒上种子，即使懒汉也能让地里长出金色的小麦和稻谷。现在村西南让人觉得很不错的耕地，在当时都是旱地薄田，不屑有人种的。可惜1963年的一场洪水使这里的万顷良田化为乌有，一望无际的沙石埋没了全村人的希望，好在村西南还有几千亩可以耕种的田地，就成了村里人的命根子。那一年的雨水过后，村北的沙滩就有了水，长年不断，流水的地方渐渐就凹下了些，村里人就习惯把村北称为北河。

自从河上游修了水库，北河的水就时断时续，恰巧20世纪80年代初，冶金部第二十冶建筑公司落户沙河，当时搞建筑需要石子。1963年的那场洪水不仅给北河带来了沙子，也带来了大量卵石，村干部拿了些样品，送到二十冶建筑工地，工程技术人员说这石子能用，就订合同。随

后,全村大人小孩儿就利用一早一晚砸起了石子,价格在每立方米三元到十元之间。手勤力壮的两三天就可砸一方,其收入比起四五毛钱一天的工分来说,还是相当可观的。为了增加产量,村里又建了铸造厂,搞了一台自制破碎机,这又大大提高了效率。村里人有了收入便率先在七里八乡中第一个买了十四英寸的黑白电视机,引得邻村小伙子的羡慕,有的还大老远地从外村赶来一睹为快。入夜,村里人听着河里破碎机的哗啦啦、哗啦啦声,睡起觉也觉得特别香。

到了20世纪90年代中后期,各级政府都鼓励发展乡镇企业,银行给出好多优惠政策,甚至还派人下乡村鼓励能人贷款。这时候,正好村里有个刚从部队转业的军人,见多识广,脑瓜也挺灵活,便鼓动村里贷了些款在村北边搞了一个暖气片厂。厂子上去还真行,只两三年的工夫市场就打开了,产品还获得省优秀产品称号。暖气片厂的兴盛,带动也培养了一大批办企业的能人,在随后三四年里,村北河滩上相继建成了村办铁厂和个人办的选厂、浇铸厂等等,好似一个工业园区。

炼铁厂鼓风机声震耳,放铁水时火花在夜里也能映红半边天空;浇铸机上的铁块冷却后落地有声,清脆悦耳;选矿厂磨机飞转,钢球挤轧矿石的声音好似滚动的闷雷,震得山崩地裂;不宽的村道上,送焦炭、运铁、跑杂的车辆如龙不断;厂区附近六七家饭店客来客往好不热闹。这是村里最红火的时候。

在以后的几年里,也许是国家银根紧缩,也许是市场竞争太过激烈,也许是管理跟不上,反正企业传来好消息越来越少,后来听说暖气片厂和炼铁厂都停了,村里还欠了银行一大笔账,再后来听说两个厂子的闲置设备让村民哄抢一空……

而今,村北河滩显得特别安静,道路上已不见来往的车辆,路边饭店早关门了,门前被黄沙掩了高高的坎儿。我的心里随之沉重起来,待我漫步来到炼铁厂厂区,眼前所见面目全非,厂区的围墙大部分已倒塌,厂房的门窗全部不翼而飞,水泥做的大门孤零零地矗在那里,门里门外,满地蒿草。炼铁厂也已经倒闭两年多,铁厂内有两个新建的小轧

钢厂和小炼铁锅炉也因不符合国家产业政策而早早夭折。看此景，只感到心寒，心疼那落花流水般飘走的岁月。

"快来看，快来看我抓住了几条鱼。"儿子的喊声打断了我的思绪，抬头一看儿子满身是泥，双手紧紧地捧着，好像得到什么宝贝似的，走近一看，我笑了，哪里是鱼？原来是几个小蝌蚪，却被儿子误认为是鱼了。

秋　收

　　每每到了秋收季节,不知为什么心里总有一种异样的感觉,思绪不知怎么就飞到了故乡的田野。

　　秋天,田里最早收获的是芝麻。只要多数荚子成熟了,叶子也落了多半,便可以收获了。如果收得晚了,棵儿下长熟了的荚子就会在日光下张开嘴巴,把芝麻粒吐在地上。其次是花生,只要看到叶子上出现黄点点,就该刨了,刨迟了籽粒会自动落在土里。再后便是谷子和玉米了,尤其是玉米种得最多。现在棉花、红薯种得少了,黄豆绿豆也没有整片地种的,只是个拾零。

　　我离开故乡已经有二十多个年头了,对庄稼活儿也生疏了。本来在家乡的时候,就不是地里的一把好手,学校放假在地里也是有限几天。现在能回家帮手的,无外乎刨花生、割谷子、收玉米等几样简单的农活儿。就这样干起来,我还感觉累得够呛。特别是干活的第一天,累得腰都直不起来。干一天活儿回来,身子骨就像散了架子,连饭都不想吃。然而,地里的活儿等着,总不能丢给都快八十岁的父母,第二天还是要硬挺着下地。毕竟年轻,地里的活儿干着干着,身体就渐渐不觉得有那么累了。只两三天的工夫,身上反而有了劲儿,有时一个早晨就可以刨几分地的玉米根。

　　秋收时节,地里是很热闹的。这个时候,只要能动的,不分男女老少,都到了地里忙活。地里还是孩子们的乐园,他们好奇地跟在大人后面,不停地摆弄放在地上的玉米穗子或是谷穗子。大人好好地放了一个堆儿,孩子们却总把堆儿弄散,有时还把玉米当成玩耍的工具,互相投掷,惹得大人又急又好笑。要不就在收割了庄稼的地上追扑着蚂蚱。

　　秋后的兔子,被惊动后跑到空地上时,总能引起大人和小孩子的一阵惊叫和狂撵。这时蓝天上的白云在空旷的田野上缓慢地漂游,好像在着意俯视忙碌的人们,太阳也没有了灼人的炽烈,但是收割庄稼的人们仍然是一头的汗,背上的衣衫也是湿渍渍的一片。

　　当太阳西落、霞红满天时,总能听到大人吆喝跑远的孩子们的声音,有从地头荆草边牵牲口的呵斥声,还有老牛的长哞声。先前收割庄稼时熄了火的拖拉机、三马车都发动起来了,嘣嘣嘣地响成了一片。过不了多长时间,乡间道路净是满载收获的车辆和小孩子的欢笑声,也留下一缕缕被落日余晖照成金黄色的尘土。

　　地里的东西拉回家里,谷子穗大都要拔到盖顶上晾晒,花生也要摊开怕捂霉了,玉米穗子还要先剥皮。这都是晚上的活儿。好在大部分家庭都用了液化气,做起饭来也不费多大的事,于是,女人们拖着一身疲劳赶紧生火做饭。尽管如此,本来是人们最忙碌的时间,为了图方便,吃的都比平时要简单得多。想着饭后还有活儿等着,好多家庭干脆泡个方便面配着干馒头下肚,在我印象中,我父母可以说好几年都是这样过来的,庄稼人图的就是省劲儿。

　　地里活儿紧,平时就不大讲究的乡亲们,此时,一个一个都成了土人。衣服上沾满了尘土,头发里夹着干碎的叶片,手和土成了一个颜色,脸膛一律是黑紫的。本来收秋就是从土地上收割、刨捡。是土地把他们的辛劳和汗水变成了累累果实,在他们心里土地是可爱的,是应该感恩的,所以即使身上沾了泥土也压根儿没觉得过脏,只是拍一拍就算完事。刨花生时,他们常常用带泥的手,捏开鼓囊的花生壳,把红嘟嘟的花生仁放进口里,甜滋滋地咀嚼起来,连着细土也一块儿咽到肚子里去。父母常说,泥土不脏,人就是个泥人。前年我得脚气病难受,有老中医说,穿上乡下的布鞋,鞋里最好有田里的土沫沫,保管能治好你的脚气。说来也巧,在乡下的种地人儿,他们中间还真没有一个得脚气病的。从地里回来,你看他们从鞋里倒出的土就知道他们的脚与泥土是多么亲密。这脚气啊,就是脚娇气得离泥土太远了。城里人无论冬夏总是穿个

袜子,在乡下是没有的事。他们穿袜子只是御寒,大都没想到是为了干净,他们一生都离不开泥土。

秋收还是乡下调和人际关系的融和剂。每当秋收来临,人们的心思就都到了地里。先前邻里间或妯娌间曾有的别扭也就顾不上了,因为地里的活儿常需要别人帮手,活轻活重谁也不敢说不求人。三步没有两步近,远亲也真是不如近邻。人们的话儿中多的是关心,常听人们见面后问起:你村西的棒子掰了没有,南岗的谷子该割了,北河的花生叶子都黄了。乡邻们在收割自己地里的庄稼时,也记挂着人家的熟了没有。村子本来就不大,哪块儿地是谁家的都知道。收秋的时候,整个村子里人就是一个大家子。

每年中秋节往往赶在秋收的紧板上,电视里总也少不了"中秋月儿圆"一类的文艺晚会。在乡下,家里人都在地里忙活。中秋的那轮圆月,总是在人们忙碌了一天之后,不经意地就升上了东天。人们看着那轮圆月,顶多说一句八月十五月儿不明,正月十五就会遇到赖天气。乡下有句谚语:"八月十五云遮月,正月十五雪打灯。"他们不愿在元宵节遇到坏天气,便希望这八月十五里,能看到月儿在天空了。回到家里之后,哪怕再累,女人们也要摆个供桌,供供天地爷和月儿奶奶。

也正是在这个时节,地里的土坡儿上,地堰边儿,野菊花在人们的汗水中,悄悄地开放了。野菊花的枝叶都显得绿意盎然。花黄如金,一团团的花簇怒放,炽烈动人。花丛上有飞着的蜜蜂和蝴蝶,还有很多叫不上名的小飞虫。这野菊花是在用她们美丽动人的芳姿和暗香流动,慰藉着辛劳的农民。劳作一天的人们,常常手里攥着或背篓上插着野菊花带回家里。

另一种情感

因为急着到北河地里收割那块儿早已熟透了的谷子，我和父母起得格外早。老家的大街门是朝东南开的，房子盖在村边的一个土沙岗子上，地势就显得比别人的房子高些。一出街门，见东天刚刚泛起朦胧的白色，头顶上有几颗明亮的星星。朝东天边仔细看时，隐约感知到太阳要升起的地方，云空里有了些许暗淡的红黄。这时，村子里响动着多辆拖拉机和汽车的发动机声，门口的村道上不时走来拉运东西的车辆，开着很耀眼的灯光，村外的马路上也是一阵阵的隆隆车声。

现在的人们都讲究效益，不论干什么事情，都讲究个快、省劲、多出活。头几年农忙和运东西，乡村主要是靠牲口拉运。单为种地的牲口，一年里用不上几天，可每天里少不了一顿喂养，甚至比养孩子还要费心。牲口的脾气全靠你费心猜想和平时的感觉，用土话说掌握牲口的脾气靠"摸"。

好在眼下有了拖拉机和农用三马，对一个家庭来说，钱攒个一年两年买回家是不成问题的。这两样东西无论耕种还是拉运，都还能胜过牲口几倍。农闲时，往家里一放，又不用吃草料。细算起来，比养牲口也不多花销。何况，平日里如果有什么拉运的活，开起来就可以去，非常省劲儿的。有的人在农闲时候，还用拖拉机或三马搞起运输的生意来。跑一年下来，便有了种地以外的三四千块钱收入。村里有百分之八九十的种田人家里都买了拖拉机或三马农用车。下地的时候，全家人一上车，犹如专车似的直奔田里；走亲戚赶庙会时，也是人们利用最多的交通工具。

由于机动车不吃草料，种地用的草秸粪就没了来处。农民知道，草

秸粪补养土地。化肥用得再多那也是当年的劲儿，没有后劲儿。现在没了沤草秸粪的地方，虽然有人在道上坑凹的地方，放上庄稼的秸秆让人踩、车轧成泥，再用水沤，可用在地上，怎么也不如让牲口踩着、粪尿沤出来的效果好。他们都记得那样的草秸粪，施在田里，那庄稼长得挺有劲儿；用在果树下面，那结出的果实便多了几分脆甜。

现在的人们又都过于忙着挣钱。年轻人有能力的自己办了厂子，没资本的到工厂上班或在建筑工地当小工，就连家里的妇女们也都整天围在铁厂或其他厂子倒出的垃圾堆旁边儿，捡拾值钱的东西或用磁石吸附细碎的铁屑儿，一天下来也能挣个十块二十块的。算起账来，又确实都比种地强。于是，人们便不愿在地上下多大工夫，只是应付。种地时大把大把地撒化肥，第二年长出的庄稼收成还挺高，甚至高过用草秸粪。他们为此也都高兴过。可高兴过后真正吃起来的时候，却没有先前用草秸粪种出的庄稼、果实那样的甜香。至于营养成分，他们不知道变化了什么，只感到吃起来口味大不如以前了。

尽管这样，他们总觉得乡下人的命本来就不值钱，只要能够吃饱肚子就可以了。眼下花钱的地方挺多，孩子婚嫁、盖房起屋等花销，早已是仅靠种地十差七八的事了。在这种情况下，便也顾不了那么多。还是找挣钱多的门路重要，哪怕力气多出点儿，臭味儿多闻点儿，脏些累些也无所谓。我就听说有一位邻居小伙子，他姐夫上了一个炼铁厂，便想去找个活儿干。他姐夫说："你想干一个什么巧活儿？"他却说："先别说巧，先说什么活儿最挣钱吧？"到后来他干了一个最脏也最累，但挣钱比较多的拉炉灰的活儿。

再说了，地里打的东西对一般家庭而言是吃有所余的。余下的，特别是花生和玉米大都是要卖掉的。要卖的东西管它好吃难吃，人们看重的是分量，不在乎质量好孬。正是这样，村里人在付出辛劳的同时，都在自食着含有有害身体的、又都是自己种出的食物。大人和小孩子，便比先前多生出好多疾病来。

生产队时期，村里只有一个药铺，生意一般。十多年后，村里就有了

十来家医疗门诊部,生意都很好。也有外地人来村里开门诊的,生意也挺不错。都说"外来的和尚会念经",要不为什么人家开了好几年都没有离去的意思?过去听说谁家有人"打吊针",也就是现在说的输液了,那就是病得不行了。现在可好,一个头痛脑热、发烧感冒都输液来治。有很多孩子一生下来,头上就挂上了输液瓶子。为这,人们不知又花了多少钱。

在家的日子,我常与村里人坐下拉闲话。人们也都知道,地里乱施化肥和打农药种出的东西人吃了不沾光。可都又觉得没办法,当地政府要求秸秆还田,喊了多少年,人们还是图省劲儿,愿意把庄稼的秸秆儿一把火烧了。因为他们觉得,秸秆还田,那样做又要多花钱了,也不省劲儿。好在现在村里有养奶牛的,收购起了玉米秸子;旁村的造纸厂,也有人收购麦秸。但那毕竟卖不了几个钱,也仍然有人习惯烧了算了。退一步说,虽然庄稼秸子有了些去处,可草稭粪却也是彻底的没了影子。土地也只能忍耐着板结的折磨去大量地吞食农民撒下的大把化肥。既然大伙都这样,随大流也是一种选择,尽管无奈,也无别的办法。常常看着忙碌的父老乡亲,听着土地的呻吟,我心里也和所有的乡亲们一样,有着难以言状的苦楚。

要说,现在村上没有了磨面坊,吃面都是到大面粉厂换。这样,自家的粮食再好,到了面粉厂就显不出来了,照样得和别人的孬麦子一起掺和磨了面吃。于是乎,在怕吃亏心态的作用下,乡里人更是不再考虑种出的庄稼有没有营养。你看有外村人来换面时,不少人专捡质量差、时间放得长的粮食。正是大家都有这样想着沾光的心态,便都又不约而同地自食起"苦"果来。

又闻织机声

2003 年，为了防治非典，我作为下乡工作队成员去到山乡孔庄。某一日，猛然听到住户旁一农家传来阵阵咣当咣当的织布声。出于好奇，前去观看，但见当家的妇女正在木制的织机上用力地织着被面布。梭来梭往，不长时间就织就出一段图案精美的布面。"唧唧复唧唧，木兰当户织……"一千多年前的花木兰形象仿佛出现在眼前。《天仙配》中也有"你耕田来我织布"的唱词。从很古老的岁月开始，"男耕女织"就是对人世间家庭生活的生动写照。

现在这里大多数人都不织布了，想穿啥用啥就去买。也有人就是看中这个东西，觉得这布料实诚。说起这布的好，妇女说，织布也不是好做的，要过好几道手。再说了，一针一线的活儿，靠的是耐性和功夫。手好的一天能织一丈多布，晚上也要织到夜很深了。离孔庄不远的城弯村现在还家家都织这种布，要是儿女们有与那村人搁亲家的，还非得织不行。

说起婚嫁来，这家的妇女便侃侃而谈了。这里的女孩子出嫁前，都会提出要男方准备这种花布作嫁礼的。娘家人也会准备一些，显得更丰厚。可这丈量的方法挺有趣儿。男方家准备的布料，其尺是用成人的胳膊来量的。一胳膊的长度为一尺，即使这样，所谓的一丈却是按十二尺为一丈的。这样做，是男方家对女方家显示诚意的方式；而旁人却总把这种丈量法叫做"没良心丈"。说归说，可遇到谁家的头上，也都不成文规地照做不误的。"没良心丈"说在口头上却落实到行动上，只要把新媳妇娶进门，喜的是男方一家人。

童年的夜晚，走在乡村的街道上，也总能听到织布机声，"咣当，咣

当"的,很有节奏。当时对妇女的评价,其织布的速度和织出来的花样是一个很要紧的标准。女孩子早早就会被母亲教着学织布。当时,村里有几百口子人家,织布机只有十来台,都是刚解放时从地主家分得的。这样谁家想织布,要先到有织布机的人家去占号。织是最后一道程序,先前还有纺、络、浆、经、印等过程。除了纺线、络线、浆线和织完全可以自己完成外,其他每道工序都需要别人帮助才能完成。

我印象中最常见的是炕头上的纺车,夜夜的梦大都是在母亲纺线的"嗡嗡"声中开始,又在这"嗡嗡"声中结束的。

那年月,谁家娶媳妇嫁闺女,都是要准备或陪送"被听"的。"被听"就是自个织好的一卷儿一卷儿的布匹,主要用来作被子和褥子面。"被听"有两匹缯、四匹缯之分。缯数决定着所织布料的不同颜色。同样的缯数,又有图案形状繁简之分。因此,这"被听"的多少显示着家底的薄厚。而缯数和图案的美观程度则代表着织布者的技艺水平。于是,谈婚论嫁的时候,往往要把"被听"的缯数和数量作为一个条件。

谁家有了喜事,可家里又缺少会上机织布的姑娘和媳妇,便要找人来帮忙织了。那年代,遇到需要帮手的事大都不用花钱。一是人们家里没有过多的余钱;二是花钱如买卖似的反倒显得不实诚。街坊邻居或亲戚里头有能力和巧手艺的其实都乐于帮忙,事主给做口吃的就行了,中好的也就是鸡蛋面条或中午再加个白馒头。乡邻们也都觉得,谁也离不了谁,居家过日子邻里亲友间偶尔帮帮手是很正常的。这样的结果倒使乡邻们相互间关系融融,俨若成了一个大家庭。村里不论谁家过事儿,尤其是红白事,不管族里族外,只要主人言一声,都没有二话可说,即便你有日进斗金的营生也是要搁到一边的。

谁家媳妇娶进门,老少婆娘和女孩子们最爱看的是"被听"的数量和花样。量多、缯数多,总会有人称赞。这家的媳妇和婆婆家呢,在人前便有一种自豪的感觉。

回想起这样的事情,不觉已有二十多年的光景。现在我们那个地处山外,20世纪80年代就建起远近有名的铁厂、暖气片厂的村子里,织布

机穿梭的咣当声已经销声匿迹。婚嫁时的"被听"也早变成了太空被、毛毯，最差的被面也是从商店买的现成机织布料。农闲的时候，听到最多的是哗哗的麻将声。听人说起村里不乏不识字的家庭妇女，却对麻将的饼条万、中发白、东南西北风记得清、认得准。

每当夜静回乡，走在街上听着一阵阵摞牌哗哗声和出牌时的喊叫声时，我就想，能围在麻将桌前就说明他们中的绝大多数人不再为生计所累了，生活当中也都有了闲暇。即使这样，我总觉得，代替织机的不应该仅仅是这麻将声，尽管家家户户织布忙是那个年代的贫困特征，但其中却也凝结了劳动人民的辛劳智慧。这一古老的民族文化遗产怎么说都没有灭失的理由，哪怕你把它当成一种纯艺术的东西。

庙 会

或许是生活条件好了，交通也方便了许多，乡下人又热衷起庙会。先前村里没有的，都想着法子新起一个，甚至一个还不算，还要再起一两个，一时间，庙会竟成了乡下的一种时尚。

头些年，我们乡镇八个村也就两个村有庙会，并且都在三月里面，一个初十，一个十八。而如今，这八个村都有了庙会，有的村还不止一个。

老家的庙会起始于五六年前。开始是村里几位爱好打扇鼓(一种拜神的活动)的中老年妇女撺掇起来的。她们说，村里曾经有过庙会，是三月初六。有了这个说法，便成了起了一个庙会。

庙会刚起的头两年，不当回事，没有回去。一是工作忙，二是觉得几个老太太闹腾的庙会成不了气候。谁承想，到了第三年我就不得不回去了。乡下来人说，村庙会的时候一定要来。我说那庙会估计不咋地。老家人说，你别说，去的人还挺多。要说起来，第一年确实不行，第二年可就红火起来了。就咱村里的那几条街道，都被前来做买卖的人占满了，人走路还得挤着肩膀过。

没几天，父母也打电话说，庙会那天你们一家一定要回来，那时候，咱家的亲戚们都来了，也该和大家见个面了。父母之命，我觉得该回去。村里的庙会，对乡下人来说，和过年差不多。

从第三年起，我就开始回家赶庙会了。庙会的场地距离村子有一里多地，公路两旁占满了卖食品的小摊贩。他们把包装精美的方便面、时兴的饮料摆起来，把价格喊得也很便宜。买的人还不少，赶庙会去亲戚朋友家都是不能空着手的。年轻人或家里条件稍好一些的，想着图省劲

儿，便在这里买些现成的，花钱不多，又挺好看。尽管这里不少东西是冒牌货，中看不中吃，可赶庙会拿的东西本来就是个礼，并不过分讲究是否实在。

村口边上，多了几个炸油条的摊儿。眼见得路上车过人往，尘土飞上了天，可这并不影响他们的生意。我看到很多人提着一大串油条，沐浴在细微的尘土里仍然吃得是一脸欢笑。乡下人吃饭不太讲究，在道边吃饭是正常事儿。就连城里道边小吃摊上，吃饭的也多是乡下人。要说起来，在乡下人看来，这点尘土算不了啥，吃也吃不出来，他们觉得人就是土里来的，是靠黄土养活着的，临老又要到土里去，人来世上，哪儿能离了土？

头些年，各家经济条件不太好的时候，去亲戚家赶庙会，能买串油条就是挺厚道的事儿了。一般人家都是蒸一篮子馒头，有的还是包皮馍。到了庙会上先在血缘上比较近的亲戚家吃了饭，再到远房亲戚家走走，丢上两三个馒头，就算来了。最后再回到近亲戚家吃下午饭，把篮里的馒头，再多丢上几个就回去了。那时候是馒头当家，提油条的自然让人高看一眼。

现在呢，提油条的人就不多了，三四块钱的油条就有一大串，热天里又没法儿放。再说，如今三五块钱的东西连乡下人也觉得拿不出手。所以，上亲戚家带油条的，以老年男人居多。有的是女人不在世了，儿女们也都各自成家了；有的是打光棍的，家里的条件也不大好。他们赶会的主要目的，就是想去看看世上剩下的，为数不多的几个近亲。用他们的话来说，是见一回少一回了，今年见了，兴许明年就见不着了。

进到村里，大街两旁，挤满了卖布匹时装的商贩。为了遮阳光，街道上空也被他们用篷布给遮起来了，像走进了一个大商场。街上买东西的人一个挨一个，走路都困难。

要说在这里用心的还多是女人们，她们都看重身上穿的、脸上用的。在庙会上能不能买件新衣裳，也是她们赶庙会的一个重要目的。

有人说这庙会是小商贩儿给撑起来的，说的也是，街上的热闹就因

为多了商贩。多了商贩就多了买主,两相一凑,就使得庙会热闹了起来。我们村头些年的厂子多,人们花钱也大手。平时做买卖的,来到这里后,收益就比别的村好一点。起了庙会,商贩们更是趋之若鹜。

父母早早就等在门口,他们盼着在外面干活儿的孩子和亲戚们早点到来。乡下人认为,赶庙会就是亲戚朋友们相聚的日子。尽管亲戚们有可能会在红白事儿上见面,可红白事儿没定数。赶庙会有固定的日子,年年至少一次。因此,他们都很珍惜这一天,尤其是年岁大了,觉得在世上剩不下多少年活头儿了的老人,更希望多见见亲人们的面儿。仅仅为这个,尽管忙碌一些,但心里面也乐滋滋的。

屋里屋外早被父母打扫得干干净净。他们也知道,每次回家,也有朋友同事一起去玩一天。就专门在屋里摆好两桌酒菜,还挺丰盛。不长时间,亲戚们就纷纷赶到了。看着不断的来人,父母脸上满是笑容。他们喜的是来人,来人越多心里越高兴。一来是亲戚们来了就是走得近;二来外面的人来得多了,说明他们这个儿子结识的朋友多。这两样是父母最在意的,每年亲戚们和我的客人走完后,父母都对来的人数得清清楚楚。父亲还会跟我说今年来了多少辆车,比往年多了几辆等等。

看看人来得差不多了,父亲就要点起灶火熬大锅菜了。大锅菜是乡下人招待亲戚们的主打菜,头几年,来人大锅菜、馒头一吃,到街上转转就完事了。如今好多家庭都开始用酒菜来招待亲朋了。庙会上几个同学过来,也要上几个菜,喝上几杯。干些生意什么的,便有结交的朋友,到家里来,自然是无酒不成席。还有闺女多的人家,几个女婿来了,当大人的不摆场酒席也觉得过意不去。前面酒菜吃得再多,最后的大锅菜也是必不可少的。

因此,村里人熬大锅菜是很认真的,放的材料也是越多越好,其中,白菜、粉条、海带、带皮猪肉、豆腐等等是主料。现在,有的又多了西葫芦、茄子、蒜薹等。肉食有加牛肉、鸡肉的。这大锅菜还真让人吃不腻,很多城里人也喜欢吃大锅菜,可就是做不出乡下的味道来。这大锅菜香在柴火的熏烟。烧火用的柴禾、庄稼秸秆发出的火焰发软,这是煤火和液

化气火所没有的。大锅菜的香是浸出来的，柔柔的细火儿慢慢把油香、肉香、佐料香还有蔬菜的清香融合在一起，发出了丰收时节田野的馨香。

闻着大锅菜飘溢出的越来越浓的甜香，我和城里来的同事们不用喝酒心就醉了。

为了给庙会增添气氛，村里总会演几出戏来凑热闹。老家村里人爱看的是豫剧，找的戏团也都是河南来的，有一年还请了河南豫剧二团来演出。戏一天两场，下午一场，晚上一场，很多中老年人看庙会就是冲着戏来的。到时候，邻村有好多人也都是放下手头的农活儿过来看戏的。

美中不足的是，年年到了傍黑庙会散的时候，便有个别酒喝多的人之间发生不愉快的事情。因为一句话不入耳或平时的磕绊，就借酒表现出来，还有大打出手的，给庙会添了很多的不愉快。

桃花落

一

我老家有一座老宅子,位于通达东西南北的十字路口,坐北朝南,是由一座二层起脊瓦房做正房的正宗四合院。院子里还有一棵大桃树。许多年前,每到春暖三月,这棵桃树都会发出柔嫩的枝叶,绽放开鲜如脂粉的花朵。老宅子主人、晚清举人王延生还活着时,肯定会站在院子当中,仰着被桃花映红的脸,捋着胡子诵读《桃夭》:"桃之夭夭,灼灼其华。之子于归,宜其室家……"

再些年后,王举人也不可避免地成为了时间的粉尘,他所有在人世的痕迹就只剩山中的一座越来越低的黄土坟茔。当然,他也像其他人那样,有自己的血脉流传下来。在烟火人间,在冀南向西的丘陵地带,顶着日月过自己的生活。

可惜的是,王举人的儿女们却没能守住这座老房子。打土豪分田地那会儿,一个阳光还算明亮的下午,王举人的子女在一脸不解与无奈中,眼睁睁地看着我那从邻县永年逃荒过来的爷爷奶奶因为有一个当解放军的儿子,而器宇轩昂、理所当然地搬进了这所宅院。

搬到这所宅院没几年,爷爷又在院子里栽了一棵桐树。他说桃花有的看,总不比泡桐树见水长,成材料快。

爷爷奶奶先后有了三个儿子。人和草木庄稼一样,有苗不愁长,没几年时间,三个小子就桐树一样拔了起来。可是,乡野人家,倘若只有儿子没有女儿也是不尽人意的。奶奶一直盼着能再有一个女儿,长大了能帮做针线活,将来有个灾殃疾病的,也有人端碗水,在炕头伺候着。

桐花也开和桃花一个颜色的花,可紫的重。桐花清香中,奶奶会仰着头说,家有梧桐树,不愁凤凰来。可惜的是,这句话到爷爷奶奶去世也没应验。

桐树也和孩子一样,只要有点雨水,根就使劲往地里钻,身子一年一个样儿,开始齐着窗台,不过几年,就超过了房脊。

三个儿子长大,大儿子娶了媳妇后,又参加了解放军。当兵打仗,有好几年一点儿音讯都没有。儿媳妇在家守活寡,跟前又没有儿女。大媳妇跑前跑后的,勤快得像一个闺女。老两口也是心神不定的。有一年,冀南大旱,粮食歉收。为省点口粮,爷爷奶奶一合计,就让大儿媳妇另寻生路去了。谁知道,有一天早上,大儿子——我大伯父淌着露水回家了,进门见了爹娘,却发现没了媳妇。家,在突然之间,变成了他面前一个大大的、伸手摸不到边的黑洞。无论怎么搜寻,也摸不到媳妇的身影;无论怎么呼喊,也听不到媳妇哪怕是沙哑的一丝回声。他大声斥责父母心狠,他后悔为什么子弹没有要了自个的命。真相,并没有消除他心中的怨气,那间举人曾经读经注文的书房,留下了大伯绕梁三日难去的责愤和哽咽。哽咽变成了大伯一生的遗憾,遗憾是因大伯的极其怯懦。他已打听到媳妇的去向,只要以当兵的身份去,媳妇哪怕有一百个不愿意,也得乖乖地回来。但是,大伯硬是没有迈开讨要媳妇的脚步。尽管爷爷奶奶把五间正房留给大伯,可大伯终其一生,空阔的楼房里面,却再也没有过能给他用针线来缝补人间冷暖,悉心伺候的贴心女儿了。

父亲排行老二,脾气有点爆,平时却手脚勤快、言语随和。逃荒过来后时间不长,就被一个富户人家留住做了长工。富户的女主人有些心善,管吃管住,冬天还给件旧棉衣穿,过年时还给几个铜钱。爷爷奶奶再对大伯媳的事儿搁不下,也不得不抬眼看看顶着个儿长上来的老二。爹将我娘娶过来,据说没有费多大的事儿。娘早年有过一桩闹心的事——亲生的姥姥去世的早,老爷后来领进门的那个女人,自己没有开过怀,对跟前的孩子又不待见。娘当时的最大心愿,就是能够很好地躲避我后姥姥那双眼白过多的眼睛。爹的暴脾气,没有少让娘抹眼泪。好

在爹勤快，小日子在磕磕碰碰中，还是朝前走了下来。娘先生了两个儿子，再后来是我。在生我之前之后，娘还生下了两个姐姐、两个妹妹，可两个姐姐和一个妹妹都没成人。两个姐姐怎么夭折的我不知道。我七八岁时的某一天，我提着镰刀和篮子，刚从地里打猪草回来，还没进门，就看到我们家院子里围了好多人，紧接着是娘撕心裂肺的哭声。最小的妹妹整天病快快的，能保住性命就是老天恩宠了，娘也从没指望她能帮着做针线活。

二

叔叔小时候跟着奶奶讨饭多。我上小学时，看见村里忆苦思甜的宣传画里，一只地主家的恶狗将叔叔扑倒在地，讨饭的破碗被摔成碎片。叔叔在台上的控诉，变成了老太太的眼泪和女孩子们的哽咽。听说婶子嫁给叔叔，她家里人很觉得脸上有光。婶婶进门后，一连生了五个闺女、两个男娃，一个个都像顺了风似的往起长。转眼间，儿女成群，婶婶身边笑声不断。干起家务活来，婶婶几乎成了甩手掌柜。

闺女多，成了婶婶的仗气。她常常故意对着娘的面，扯大了嗓子轮流喊着闺女的名字，让给洗衣裳、纺棉花、缝补棉裤……娘听出味道来，感到憋屈，在心里面怨恨自己没有养活闺女的能耐。婶婶住在东屋，我家住在院子的西屋。每当那边姑娘们笑声从桃树枝头、桐树叶片上隔着窗户摇落到西屋炕头，娘就会抬起头，透过一小块方玻璃，将目光痴痴地朝向东边，不一会儿就落泪了。也有人迷信说，是因了王举人那棵桃树正对着婶婶的屋门，根也离得近，才使得她生了那么多的闺女。

娘常拉着我的手说："看你的手，还没有同岁的闺女儿大。你要真是个这么大的闺女儿，娘就省心多了！"可是，我说要让娘教我做针线活时，娘又要嗔怪了，男孩子动针线是要人笑话的。嘴上虽这么说，我却从娘惆怅的眼神中，看到她是多么渴望身边能有个心灵手巧的女孩子帮衬啊。从娘身边走开后，我也怨起自己，为啥不长成一个能帮娘做针线的女孩子？

大概是我十二三岁时，几辆深绿色的大头车在村南的大路上扬起高高的尘土。车上下来的人，是地质队员，要在这里住下探矿。有两个地质队员，租住在叔叔的两间东屋。一个姓李，二十多岁；一个姓郭，四十多岁。姓郭的很能让人注意。老郭住在这里没几天，就被发现时常一个人在屋里挑针织线。家里人觉得稀罕，可刚来眼生，也不好问。说出去，村里觉得可笑。也有上岁数的婆婆，坐在一起猜测，一定是这个人家里条件赖给逼出来的。

一个阳光西斜的下午，梧桐叶在晚风中发出沙沙的婆娑声，麻雀在树枝上叽叽喳喳叫个不停。我和两个堂姐妹从地里回来得早，老郭一个人正在屋子里面低着头织着一件枣红色的毛衣。我们趁大人不在家，就怯怯地撩开帘子进去看。堂姐泼辣嘴快，张口问，男的也会织毛衣？老郭说，是呀，不管男的女的只要学，都能会。接着，老郭还故意对着我，飞针走线织了几下子。然后又停住针，展开平放在曲起的大腿上，让堂姐妹看他织出的花纹和样式，问见过没有。我不懂，动过针线的姐妹们也摇头。老郭就用针线比画着，很认真地说出该如何如何织。一来二去，相互间就没有了生疏感，话就多了，堂姐还问了在别人家见到的花样怎样用针。我也是从这儿才知道针线活儿不只女孩子才能做。我要是学会了，不也能让娘轻巧些吗？想着，我就前凑，她们就笑话我，说我想当假闺女了。一句话，让我脸红，就往后退。老郭拉住我说，别听她们的，学会了是自个的本领，还答应要专门教我呢。

三

村里人见的世面少，老郭渐渐成了女人眼中的能人。婶子也以房东身份觉得脸上老有光了。甚至，还爱屋及乌，认为老郭老家也是一个不错的地方。大堂姐到了成家的年龄，就由老郭做媒，远嫁到了鸡泽，老郭老家的村里。尽管，大堂姐嫁过去后，发现并不是每个男人都像老郭一样会针线，更要紧的是，那里的地皮还不如这边厚，乡亲们过得比这边苦得多；尽管，大姐每次回来都不理婶子，还经常独自哭泣，但这都是后

话了。

过了几天，一个秋雨绵绵的傍晚，放学后，经过老郭门口时，他就把我叫过去，说在大队的黑板上看到了我的考试成绩，考了班级里第二名呢，了不起。他摸着我的头，直夸我聪明。那几天，老郭手头织的是袜子。我羞羞捏捏地说想学，他连忙说，行的，你会了我就有了伴。他还说我脑子快，用不了几天保准能学会。一听这话，我高兴得不得了。

隔了一天，老郭就从工地上拿回来两根尺把长的铁丝，用砂布擦得亮突突的。两头磨成尖状的，捅一下指头也不觉得疼。他跟我说，就先学织袜子吧。起针、走线、插花、加减针、锁边，织哪一样都少不了，手熟了再织毛衣毛裤就容易了。老郭说，学手这会儿最好用旧毛线，不怕拆的次数多把线毁坏了。他问我家里有没有旧毛线，我说问问娘。踩着雨水跑过去，问娘有没有。娘说，傻孩子，咱家压根儿就没人穿过毛衣，打哪儿去找旧毛线？

娘也没有织过毛衣，又不想违了我的愿，就从筐子里找出几缕白线，让我拿去看能不能用。老郭一见就笑了，线细不好上针，合成股得多少线，这哪能使得起？这一下，我觉得学织袜子的事儿十有八九要黄了，没有毛线拿啥学织呢？

在那个年代，毛线可是贵重东西儿，村里和公社供销社里面都没得卖，县城才有。心里一不高兴，老郭就从我脸上看出来了。只见他从床头的工具箱里，拽出一双戴破了的线手套，说："有了，有了。"老郭掏出剪指甲刀，捏了捏破手套指尖，"叭儿、叭儿"剪断了锁口线，用指头捏住上面的一个线头，轻轻一拽，"吐吐吐"几下，就抽出来长长一串棉线。他说，这不是有了织袜子的线，工地上不缺破旧的手套。

四

也就是从这天起，我这双男孩子的小手，跟着一双男人的大手，开始学着插针挑线织袜子。也是从这一天起，我刻意寻找起了旧手套。当时有两个去处可以找到，一个是在地质队工地，能在垃圾堆上捡到旧手

套;另一个地方,就是村东南三四里远的上郑军用机场后勤处。

其实能够捡到的旧线手套并不多,当兵的和当工人的很多都是农家出来的,他们戴的手套,只要不是破的不能再戴,是不会丢掉的,他们都会攒着带回老家的。随便扔掉的,都是那些不懂得省俭的人。就这样,捡来的旧手套,成全了我织袜子的愿望,并终于织出了一双暖脚且让娘看得落泪的袜子。

老郭安静的时候少,常有女孩子过来要他教。即使我先过来,大姑娘们来了,他也会把我撺到一边,说我是在这里瞎掺和,学不该学的东西儿。这样,即使老郭不在意,我也学得不安心。村东一条小沙路旁,有个水井,跟前用帆布搭成的小屋,就是老郭上班的地方。他为了让我安心学,就让我有时间了到他班上学。

我时常利用放学割猪草或楼树叶时过去,牛皮纸包着的针线就放在挎篓里。在这儿,果然学得专心,老郭常手把手地教我。走平针,学得快些,没几天就行走自如了。加花型和脚跟转弯时,需要走反针、添针去针,多学了几日,有两三个星期长才会。刚开始,觉得老郭说的容易,可一织起来,不是该反针没反、花纹走歪了,就是分针早了或针加少了,脚跟的弯度不合适。错了拆,拆了重开始,都记不得有多少遍了,连我自己都觉得闹心。老郭倒是有耐性,我织错了,嘴里就不住地说:"都这样,都这样,女孩子还要教多少遍呢。"村里的大人爱说老郭嘴碎,我却在他的不厌其烦中织出了第一双袜子。

织起袜子就忘了时间,天黑了挎篓里面还空空的。老郭有时也帮我,可都没有别的孩子们挎篓里的东西多。娘开始也怪我逃懒,等从挎篓里面看到针线和织出的袜子段儿,就明白了,也不怪了。

桃熟麦香时节,我学织的第一双袜子告成。我兴冲冲地跑到娘跟前,用手高高地提着。娘接过去,看了一遍又一遍,一会儿撑撑袜口,一会儿上下左右抻抻长短,笑得合不住嘴,眯缝着眼睛,既像是对着我又像在自言自语,不住地说:"我又多了一个闺女,我又多了一个闺女……"

再以后,我除了会织袜子,还学着织了手套。毛衣毛裤也知道如何织,但没有织出一件来。因为恢复高考后,把更多的心思用到了课本上。中专毕业上班后,空闲时间,单位的女同事每个人手头都在织毛衣,红的、黄的、紫的、绿的衣线,看着,像一道风景,又让我觉得手痒。妹妹也已经拿起了毛线,不仅给自己,也给爹娘还有我织了毛衣毛裤。

后来,我调到了县政府工作,爹娘在人前高兴,叔叔婶子也说羡慕的话。再后来,姑娘们也都扔下了针线,有到厂里上班的,有扛起铁锹到河里沙场装车挣钱了……娘到了晚年,就看不到人在动手织衣裤了。秋衣秋裤、毛衣毛裤、丝袜子棉袜子,凡是身上穿的,什么都成了现成的。村头庙会和镇上集市,方便的几乎在家门口就能买到。就连头好几年惦记着而且要闺女们一针一线做好的寿衣,娘也在村上的小卖铺里看中了。

院里的桃花树,在我上中专期间,叔叔翻盖东屋给刨了。为此,娘还耿耿于怀了好几年。后来,娘也后悔过去为什么把闺女看的那样重。甚至,对我当年织袜子的事,也很埋怨。说,要不是我学织袜子,说不定就考上了大学,更有能耐。娘又挂牵起了嫁到老郭那边的大侄女,日子过得还不如这边儿好,接着会自言自语一阵子。然后,就会不停地数落起早早走上黄泉路的婶子,说,咋恁心狠,咋恁心狠……

转眼之间,几十年过去了。爷爷奶奶,带着大伯、爹娘、叔婶,在村西那一个荒坡湾里开辟了"新的家园"。他们已经在那里寂静地生活了很多年。我在想念他们的时候,心头还时时会萦绕起另一个场景:

就在地质队泵房旁边,几棵钻天杨,小沙丘上长着桃树。杨树吐穗的时候,桃枝上就张开了一串串粉嘟嘟的花朵。地面上的白花苗、纺花翎子等野菜都分蘖长到婴儿的巴掌大。一个男孩坐在桃树下面的沙地上,一针一线地织着手里的袜子。夕阳照过来,像用柔柔的话语细数着男孩手上的"女红"。一阵东南风吹来,下起了桃花雨,飞落的桃花,停留在他手上,久久不愿离去。一朵,落在袜子面上,成了挥之不去的印痕……

洞中日月　（李自岐　摄影）

第四辑 山水间

彭硇天池　（李自岐　摄影）

王硇三题

1."门当"与"户对"

从沙河市区西行20多公里,便来到了群山环抱的王硇村。这里的石楼观光尚处在开发阶段,向坐在小广场旁边石阶上的村民询问,得知该村现有大小石楼100多座,绝大多数建于明清时期。

村里的小街夹在石楼之间,用鹅卵石铺了面,只见石楼都有着笔直挺拔的墙角,墙面犹如刀切般齐整。石楼高高耸起,抬头向上看便是地地道道的一线天。小街上有不少岔开的小道,有的通向一户人家,有的通向另一个街道,弯弯曲曲、高高低低,人在其中,仿佛走进了尘封多年的时光隧道,又像走进石堡迷宫。

石楼最高可达18米,全是干石垒墙,白灰勾缝,青砖出檐,蓝瓦盖顶,像城堡一样。墙面上有着天然的纹理,壁厚均在100厘米左右,隔热隔音,冬暖夏凉。历史上经多次地震和洪水,无一栋受损,至今仍旧被村民正常居住。整体建筑风格既有北方建筑的粗犷、古朴,也融合了南方建筑的秀气。尤其是每栋主楼对面的房顶上,都有一个小"耳房",同样是红墙蓝瓦,卷角张檐。不同的是,多数耳房隔扇花窗,明亮秀雅,形同江南水乡画舫。有说耳房是为安全考虑,有说是家中女孩的住所。在楼院里,都还普遍栽种一两棵胸径四五十厘米的苹果树。枝偎红墙,叶映纱窗,春来繁花芳艳,秋至硕果飘香,透示出特别的韵致。

在一家保存最为完整的古门楼前,村里的一位长者,指着门框下两个圆圆的侧立的鼓状石,告诉我们这就是"门当",门楣上前排额枋上的一对儿彩凤样的装饰,叫"户对"。以前,我只听说过两家社会地位和经

王硇古石楼群 （李自岐 摄影）

　　村里的小街夹在石楼之间，用鹅卵石铺了面，只见石楼都有着笔直挺拔的墙角，墙面犹如刀切般齐整。石楼高高耸起，抬头向上看便是地地道道的一线天。小街上有不少岔开的小道，有的通向一户人家，有的通向另一个街道，弯弯曲曲、高高低低，人在其中，仿佛走进了尘封多年的时光隧道，又像走进石堡迷宫。

济条件相当的结亲为"门当户对",还没有听说过"门当"和"户对"原来是古代门楼配饰。

长者给我们讲道:"门当",原本是指在大门前左右两侧相对而置的一对精雕细刻的呈扁形的石墩或石鼓。文官多为象征书籍的石墩,武官多为象征战鼓的石鼓。在封建社会,只有官宦人家的门楼,才能安放象征权力的抱鼓石门墩。而"户对"则是位于门楣上方或门楣两侧的圆柱形木雕或雕砖。当时,门当、户对上往往雕刻有适合主人身份的图案。旧时大户人家有财不外露,儿女定亲之前,一般都暗暗派人到对方家的门前看一看,通过"门当"上雕刻的纹饰,就能了解对方家所从事的行当。

据考证,500年前最早在此安身的,是曾经做过镇京总兵的王得才。当年王得才护卫皇家贡品进京被劫,避难于王硇村。即使落难在这个偏远的角落,其庭院建造也不改官宦之气。虽然不敢也不能再像从前那般彰显和阔绰,但是"门当""户对"这一显示身份和地位的街门配置却是不能少的。而我看到的这对圆鼓形"门当",也许不是王得才那一代所建。但是,它却能给人以武官之门的遐想。据介绍,石楼本身就具有防御功能,历经无数战乱并能够保存至今,或许是得益于先祖尚武之遗风。

2.天狗望月

王硇村至今保存完整、颇具规模的石楼群令人惊叹,其中一幅"天狗望月"的构图格外吸引人。

这里的古门楼多为硬山式饿檐结构。檐上铺有黛色青瓦,檐头儿是呈圆形和拱形相间并烧制有水纹和云朵样的瓦当。墀头是叠涩出挑后加以打磨装饰而成,由上、中、下三部分组成。上部为饿檐板,呈弧形,起挑檐作用。中部是装饰的主体,形制和图案有多种式样,可谓门头装饰的点睛之笔。下部多似须弥座,和上部涂成相同的深蓝色。

我看到的这幅天狗望月雕图,就位于墀头的中间装饰。

只见雕图中各画有狗和月亮。狗站在正中,月亮靠近门口。再细看,就会看到那两条狗的形状不一样。左边的仰着头颇有些焦急万分

地注视着一轮满月，右边的则显得有些失落却又满怀期盼地回头望着一弯残月。

初看，我还很难说清楚到底画的是什么。脑海里却冒出了"天狗吠日""天狗衔月"两个词语。从前人们还不明白日食和月食这一自然现象，认为是让天狗给吃了，又传说这只天狗是一个被玉皇大帝惩罚过的恶婆变的，她在天庭想找玉帝报仇，却没找到，便追着太阳和月亮吞咬出气，但是她又特别害怕爆竹和敲击锣鼓的声音，听到这些声响后便吓得赶紧把太阳和月亮吐出来。我小时候每当出现日食和月食的时候，村里面就有人不停地敲打铜盆，说是天狗在吃日头爷爷和月亮奶奶，敲得响了就会吓跑凶猛的天狗。如此一想，就觉得像满月的该是太阳了，那个残缺的才是月亮。然而，我看着图中的狗并没有凶相，反倒显出很温顺的神态，便觉得这种猜想不怎么妥当。何况，日食月食在从前人们心目中是很不吉利的征象，谁还会描绘在自家门前？

那这到底是画的什么呢？

我又想起一个传说：从前，有一只狗，它的主人是二郎神。有一次二郎神要赶到月宫上去，参加嫦娥的生日晚会，因为走得急，便一个人飞到了月球上去，他的哮天犬从早到晚就一直看着月亮，它很想念自己的主人。也许是嫦娥风情万种，也许是二郎神痴迷忘返，就这样，他的狗在看好门户的同时，又每天从月圆到月缺，一直望着月球，盼望着它的主人早日回来……与此相近的是一个几乎是讲给孩童听的传说故事。从前，在黄山脚下有一户人家。这家的主人养了一条小狗，并且对小狗非常好。小狗很想有机会报答主人。一天，这只小狗听说天上的仙女嫦娥，吃了一种长生不老的仙丹飞上了天。这只小狗也想让主人长生不老并且飞上天。于是这只小狗一到月亮升起，就站在山上望着月亮，希望月亮里的嫦娥把长生不老的仙丹给它的主人，时间久了就成了"天狗望月"。我觉得砖雕中的图画更接近这两则传说，同时，我觉得狗对主人的依恋和忠诚也在这幅图画中得到了淋漓尽致的表现。

中国的"天狗"最早出自《山海经·西山经》："阴山……有兽焉，曰天

狗,其状如狸而白首,其音如榴榴,可以御凶。"这也印证了最初的天狗是可以御凶的吉兽。于是人们便将天狗作为辟邪镇宅锁风水的瑞兽了。我想,这家的主人将天狗望月建在门楼上就是希望天狗能镇宅,保佑家族人人丁兴旺,事业发达,永世昌盛。

3.红色情怀

据村里长者介绍,王硇村的先祖,是明万历年间的镇京总督,因护送贡品被劫,为了免遭朝廷严究而选择这里作为藏身之地。大致是因为避难,所以选择在偏僻的深山;又因为其为武官出身,使得石楼的构筑和院落的布局具有作战和防御功能。在抗日战争期间,"一二九师抗日交通站""八路军总部机要营""抗日独立营营部""抗日独立营营部一连连部""抗日县政府""抗日高小学校"等都选择在这里。

刘伯承、邓小平等老一辈革命家也一度在王硇隐蔽办公。

来到王硇村,首先映入人们眼帘的,是一面面红得发亮的石墙。冀南山区村落民居一般为石墙平顶,而这里是石墙起脊顶,与周围村落比较,就显得格外独特。石楼最高可达18米高,壁厚均在100厘米左右,虽经岁月沧桑,却无一栋受损,至今仍被村民居住。纵观石楼院落布局,整体上就是一个迷宫式的建筑群落,院院交错相通。在过去,不必穿街过巷,不必下地,便可以走遍整个村落的家家户户。个别院落还修建有隐秘的地窖,在村中地势较高的石楼上还建有耳房,用来监视村庄四周动静。一旦敌人来袭,他们会在最短的时间内,进行安全转移。在过去的几百年间,王硇村从来没有发生过土匪或反动武装彻底进攻并洗劫村庄的行为。

在高低错落的窄街,一处街门口没有任何装饰的人家,就是"抗日交通站"旧址。在抗日战争最为艰难和自然灾害极为严重的五年间,一二九师师长刘伯承、师政委邓小平带领八路军与日寇转战太行山区时,多次在这里居住。八路军高级首长朱德、李德生、谢富治、杨秀峰等也多次到过王硇并在这个小院留住。

这是一个窄小的院落,主房是一层红石起脊瓦房,配房是当地常见的石板房,院子地面用石片和石块不规则地铺成。主房门旁有一个小石桌,这在山区人家极为普遍,但它却很容易就让我联想到延安杨家岭毛泽东、朱德故居窑洞门前的那个小石桌,毛主席就是在那个小石桌旁,会见了美国记者安娜·路易斯·斯特朗,针对当时流行的"恐美病",提出"一切反动派都是纸老虎"的著名论断。而我眼前的这个小石桌旁,也该记录着朱德、刘伯承、邓小平等伟人与八路军高级将领在此分析当时抗战严峻形势,运筹持久克敌制胜的方略时的情景。也许,邓小平还曾操着浓重的四川口音,拍着石桌鼓励乡亲们要勇敢战胜灾荒,并动员当地军民自力更生丰衣足食。多么普通而又简陋的百姓之家啊,在那艰苦的年代,竟有幸留住过叱咤风雨的世纪伟人!

1937 年春,湖南省委第一书记荣成和就到王硇村建立起地下秘密党组织。1939 年 5 月,在一二九师先遣支队帮助下,建立了沙河县独立营,营部就设在王硇的古石楼中。独立营队员常常在夜间神出鬼没,深入东部平原地带,袭击敌人的营队,破坏电话线路,还像铁道游击队般炸铁路,抢敌军火,屡立奇功。白天则利用大山的掩护,与前来进攻的敌人巧妙周旋,然后如天兵天将般痛歼敌军,使驻守在这一带的敌人听到独立营,就吓得魂飞胆丧。敌军对王硇这个根据地是白天进不得,夜晚不敢进,从而使这里成了太行山区的一个抗战堡垒。

1941 年,抗战进入最艰难的时期,县抗日政府进驻王硇古石楼,指挥全县抗日斗争。当时沙河县最高学府"抗日高小"几经选址也转移过来。期间,八路军总部机要营也设在这里。王硇村的楼沟,还是抗日战争时的八路军物资储备基地。当年蝗灾最严重的时候,八路军总部特殊规定,一斤蝗蛹(蚂蚱的幼虫)可在这里兑换一斤小米。当时河北、河南和山西等地通向王硇的山道上,经常可以看到有不少人用毛驴驮着整布袋的蝗蛹,来这里兑换小米。这种办法,不仅接济了灾民,也极大地调动了百姓捕杀蝗虫的积极性,为人们尽快战胜蝗灾恢复生产自救发挥出了极为有效的推动作用。

1942年2月3日，刘、邓首长来这一带指导作战，被日寇汉奸侦讯，日伪出动12000人，对根据地进行扫荡围攻，太行一分区司令范子侠及独立营为掩护首长，率部进行阻击，因与大批敌人遭遇，范子侠将军在激战中光荣牺牲，以身殉国。同年，八路军总部机要营在沙河西部山区活动时，被汉奸告密而遭合围，将士们与敌人在王硇附近的峡沟中浴血奋战，终因力量悬殊太大，大部分将士为国捐躯，烈士鲜血染红了太行峡谷中的丹霞岩壁……

王硇村不仅利用自身的地理优势和石楼的坚固为抗日志士提供避身的场所，王硇村的青年个个踊跃参战，英勇杀敌。全村不足400人，先后为抗日战争、解放战争输送了60余名干部和战士。在一处石楼大街门的门额上，有一块虽然被岁月褪却了曾经的鲜亮但依然字迹清楚的《人民功臣》牌匾。牌匾中记载着如下内容："王江虎，沙河县二区王硇村人，现任十八旅卫生处看护班长之职，在淮海战斗中荣立人民功臣，中华民国三十八年一月二十七日。旅长萧永银，政委刘昌，参谋长安仲琨，政治主任李少清。"

站在王硇古石楼前，我深深感受到先烈用自己的鲜血和生命凝聚在岁月长河里浓重的红色情怀，强烈地感受到王硇人为新中国的建立所做出的牺牲和贡献！

触摸"谎神岩"

说谎受人鄙视,然而,在太行山的西南沟,却有一个非常奇特的地方,这个地方说谎不仅受到欢迎,甚至还敬说谎的人为神,整座山都被称作"谎神岩"。据《资治通鉴》记载:"世民度黑闼粮尽,必来决。乃使人堰洺水上流,谓守吏曰:'待我与贼敌,乃决之。'丁未,黑闼帅(率)步骑二万南渡洺水,压唐营而陈(阵),世民自将精骑击其骑兵,破之,乘胜蹂其步兵。"

洺水的一条支流叫"马会河",这条河的发源地正好就是"谎神岩"附近的山谷。明万历本《沙河县志》载:"药山头县西北百里,秦王曾阻水于此。"药山头在沙河南岸、古时沙河水入洺河,乃洺水上游。

《资治通鉴》记载的这次战役中,刘黑闼偷袭唐将李世勣。李世民率兵去救,反被黑闼包围并遭到敌兵追杀。有关"谎神救君"的传说,就恰恰发生在此。厮杀中李世民和部将被敌兵冲散。敌军人马一步步逼近,李世民性命危在旦夕。他急忙勒转马头,拼命向西山逃去。

李世民逃命的这条山道上,谎神岩就矗立在其中的一个拐弯处。当李世民逃到谎神岩前时,已经筋疲力尽。敌军穷追不舍,喊杀声越来越近。危急时刻,在此修道的道士将其藏匿庙中。不见了李世民的身影,先头赶来的追兵怀疑他藏到了庙里,逼问道士,道士谎称见人已向西逃去。敌军不信,进庙里搜寻,岩洞里的庙室在茂密的柏枝遮掩下,显得特别昏暗。此时,后面赶到的追兵头领高喊:"李世民逃到哪里去了?"

喊声在岩洞和山壁上发出重重回声,进洞搜寻李世民的兵将,将"哪"误听为"那",真以为李世民果真如道士说的,朝西边"那里"去了。赶忙从岩洞里跑出来,纵身上马齐向西追去,从而使李世民躲过一劫。

李世民登基为帝后，感念谎神救驾，遂扩庙塑像供历代人拜谒，一直流传至今。

谎神岩上的神庙依山而建，为二层阁楼式，下有过道、泉池、石碾、住室、三通式楼道及三教堂等，上层为玉皇殿及主体建筑地藏菩萨殿。在一个岩洞形成的庙室里面，专门供奉着金色谎神。

岩壁的石缝中长有直立或下垂的十数株颇有皇家气质的奇特古柏，多数枝干如神龙探水，与脚下崖边向上长的古柏枝杈穿插，形成团团绿色帷幕。古柏粗的盘根错节，遍体鳞纹；细者饱经风霜，老枝虬结，长短交错，簇拥着又避让着，挣扎着又腾跃着，从崖上潇潇洒洒地垂挂下来，将山岩庙墙掩映在团团翠影中。假如没有后人修建的庙门和更多的庙堂，道上的行人走到跟前也看不到岩庙的存在。

故乡人在这里供奉谎神，是很久远的事情了。据明万历本《沙河县志》中记载，具西山中古有大靴将军，被谎神哄出擒之。留大靴遗迹，中容二釜，人在山上盖谎神庙。岩内碑载，当时殿内中央为地藏菩萨，左右二神分别为府君和谎神。谎神和府君类似，应是阴间神祇。当地的人们确信谎神的存在，供奉谎神也成了当地一大特色。

从古到今，除了愚人节的刻意，世人是鄙视说谎的，甚至是杜绝的。不管是生人还是熟人，说假话都是不受待见。世人敬重的永远是诚实和正直的人，何况一代明君李世民？他是喜欢直臣的。冀南一带就有一位最受李世民重用，而且以直谏敢言著称，在中国史上久负盛名的谏臣魏徵。

说一句谎话救了秦王李世民，说起来难以置信。即便是真的发生过，但史官也不会把它写进史书典籍的。东晋史学家干宝的《搜神记》中，也没有谎神的影子。可冀南人不仅相信谎神的存在，还立庙祭祀，香火不断，其中奥妙，也许需要历史、社会学者们去探其究竟。

秦王湖

大地几乎处处都有遗迹，只不过有大小、出名和不出名的区别罢了。从冀南的小城沙河向西，过丘陵地带，迎面便是太行山，奇峰逐渐拔起，峡谷却由此敞亮。转过几座山峰，迎面可以看到一座碧水幽蓝的水库，旁边的牌子上写着"秦王湖"。稍微有点历史知识的人都知道，在漫长的封建时代，皇帝喜欢分封他的子嗣为各种王。仅秦王这个爵位之下，不下百余人。而其中最有名的，当属开启唐帝国强盛之路的"贞观之治"的"主演"李世民。

据记载，唐初期，刘黑闼仍盘踞山东、河北和河南一带，与唐帝国分庭抗礼。后李世民率军作战，以此地为军事供给后方，藏大量辎重于当地的几个山洞。

那场大战该是"洺水之战"。最终，李世民用水淹的方式，击败了刘黑闼军，剪除了北方一大势力。为纪念这次作战，官方和民间先后在此修建了"漆泉寺""已仙庙"等建筑。四周民众以此为荣，将李世民活动过的地方改名，依次有"救驾村""秦王寨""秦王洞""秦王井""大营""得胜门""钓鱼台"等。可当地人习惯称之为石岭水库，因为，水边的一个村子就叫石岭。后开发旅游，将这些历史旧事挖掘出来，为吸引人，彰显文化丰厚度，就改成了秦王湖。

从自然生态看，秦王湖倒是一个绝好的休养和游览之地。湖水来自深山，万涓清流曲折汇集，在此成为一面湖泊。也因了这水，使得两边奇峰可端镜自照，也使得状如英雄仰天、佛家打坐、美妇顾盼的山峰有了一种灵气和柔情。尤其是湖边的红色高崖，壁立千仞而整齐划一，丹霞之色凝重而又灿烂，叫人联想到舞台上的绛紫色幕布。水中有船，在幽

蓝的水面上静静停泊。倘若在其上沏茶而饮，有风轻吹，鱼儿不时跃出，该是一种静美之享受吧。

尤其是在环境污染较为严重的当下，从繁华的城市走出，无论再大的雾霾和尘烟，到秦王湖之后，便是蓝天白云，清风如洗。山上植被丰茂，野草丛生，树木如盖，间或有一些野花摇曳其中，更给人一种寂静之美。鸟儿成群，从湖面飞过，或从高空闪到对面高山之巅，鸣声在空谷之中久久回荡，清脆、嘹亮，如听天音。从一边公路蜿蜒向下，还可以看到一些牡丹，临水而放，迎风而动，与深山、碧水、树木、鸣鸟一起，享受一种山野的宁静，当有一种逍遥之乐。

划船其中，桨楫击水，水声哗哗，缓慢之中，可仰头看高崖，想飞鸟之凌绝；可嬉戏鱼儿，念水中之清澈。从这头游到那头，两边坡上还有一些民居，一色的红石房屋，古朴而富有诗意。若是到农家，还可以吃到蘑菇、黑木耳、苗苗菜、河漈等。能有像秦王湖这样诗意而素朴之地，当是冀南人于繁忙之中，得以消闲的一个难得的福分了。

九龙庙沟

　　世界上有很多关于龙的传说,不同的是,对龙的寄予有善有恶。但龙,是一种首尾难觅的神物。在我故乡太行山脚下的一个小山沟里,却有一个香火永盛的九龙庙。里面有一个名叫杨九思的人,因为扬善除恶而被人们尊称为九龙神,经年累月地供奉在那里。直到如今,元宵节和二月二龙抬头前后,不少村庄都要举行隆重的迎祭九龙神的活动。并日渐将其推展为百姓的节日、山村的狂欢。

　　相传,元朝延祐年间,陕西汉中府小吕村有位叫杨九思的举人,进京赶考途经邯郸地界,酷日下,对一位被儿媳虐待、弯腰驼背挑水而行的老妇人,顿生恻隐之心。等他走到沙邑褡裢地界时,忽然间,狂风大作,紧接着又是一声炸雷,杨九思倒地身亡,随即化作一条青龙,腾空而起,向邯郸方向而去。不一时,青龙便抓着那个不孝的恶媳,再次腾云驾雾,把恶媳的尸体丢在了今沙河彭硇村南边的赫山上。

　　现在,赫山上一道长长的赤红色片丹霞石崖带,当地人说是那个恶媳的血。

　　为纪念侠肝义胆、化龙除恶的杨九思,人们便在赫山脚下修建了野血庙。

　　和所有的传奇故事一样,野血庙建成后。求雨问卦也格外神灵。天长日久,人们感念杨九思的功德,要重修庙宇,再换金身。也许是青龙杨九思不愿安身在这一个不起眼的地方,当人们把建筑材料准备齐全时,忽然来了一阵狂风大雨,把建筑材料悉数冲到了沟底里面。重建后,人们便将野血庙改称九龙庙,杨九思被尊奉为九爷。这条沟因九龙庙,而被称作九龙庙沟。

九爷不仅受到百姓敬拜,还曾受到皇上敕封。明朝成化年间,黄河发生水患,决口难堵,京城危急。当听说过九爷神威的官员提出请九龙过去治水时,马上就得到了皇上的恩准。人们赶忙按照塑像,制作了逼真的九爷木制神驾抬去治水。九爷的木制神驾被人们投送到决口处时,洪水顷刻变得温顺,很快就归槽东去。

为褒扬九爷治水神威,皇帝敕封九爷为"护国灵侯赫山九龙大王"。自此,明、清皇帝和彰德府、顺德府、广平府等府县官员及百姓曾多次到此祈雨祭祀,并赐金敕封修缮。如今,九龙庙里仍留存着明成化三年皇赐"护国灵侯"匾额。当年的御笔圣旨仍被以"抬阁"习俗扬名的武安土山村保存着。

也正因为此,九爷的木制神驾亦显得灵验珍贵,抬驾求雨者不计其数。此外,还有一个传说,因为九爷长得英俊,又很仗义,居然引得全呼村一户姓岳人家的芳龄女子,为他相思成疾,郁郁而亡。有人听她说,要随九爷而去。

这当然荒诞不经,不过,多年来,每逢六月十三九爷生日,全呼村岳姓人家便常去九龙庙沟"省亲"。众人在庙沟内耍拳作贺,常通宵达旦,闻鸡鸣方止。奇怪的是,其他村子里的雄鸡,到庙沟之后,只叫唤而不打鸣,唯独全呼村的雄鸡照鸣不误。人就说,九爷是全呼村的女婿,当然会对全呼村感情更深。

自古以来,人们便把龙与治水紧密关联在一起。《淮南子·说林训》中说:"旱则修土龙。"即在旱情严重时,人们以泥土沙石做成土龙的模样加以祭祀,以为龙见到它便会兴云作雨。宋代后,几乎每个村庄都建有龙王庙,每逢旱灾,人们都要向龙王献牲求助,让它控制雨水,使人间风调雨顺。

因此,在缺少雨水的北方,祭祀龙王爷应该是很普遍的事情,一定也有着很多传说故事。但随着岁月更替,水利利用和文明进步淡化了人们的龙王情结。这也让很多地方的龙王庙宿命般的归于坍塌毁弃乃至消失。

但九龙庙,却历经半个多世纪香火不绝。是因为故乡人心中,九龙不仅是行雨保顺的天龙,更是一个去恶行善的神灵。古代"二十四孝"中有"孝感动天",九龙庙沟有"龙抓恶媳"。尽管九龙抓恶媳的传说过于残暴和血腥。但"孝",本来就是人类社会一个美好的理念与精神,是人的立身之本。尤其是在有着"百善孝为先"传统的中国乡村人,雷劈龙抓便是那些虐待父母的不孝之人应当遭到的报应。

"深山探古寺,平川看佛堂"。神佛,历来都是脱离尘俗,高高在上,其本意,是增加威严性、高渺感,促使人们顶礼膜拜。但九龙庙却建在峭壁直立、狭如线天的沟底,根本不需要人们仰视,甚至伸手可触。它不仅接着地气,也更连接着老百姓的心。

优秀的自会出众,心有大众的必定得人心。大致是因为杨九思为人时候的好、做神仙后的灵验声名远播。其他村子也想有一尊这样的神灵。于是,沙河人以为杨九思是在他们那里羽化成仙的,就在县城内各个地方都修建了九龙庙。此外,褡裢村也将本村村南作为杨九思化身处,修建了一座九龙庙。每逢正月十七,几乎每条街道都燃放烟火,带着各种贡品去拜谒九龙,其他村镇的人也会赶来凑热闹。

直到现在,全呼村岳家人还定期到九龙庙看望杨九思这个女婿。元宵节时,还专程把九爷请到他们村去看社火。迎祭九爷,已经变成了全呼全村人的一个行动,后又在村西南建了一座九龙庙,希望这个女婿常住他们村里。与此同时,岳家远在武安的亲戚,也和九爷攀上了亲戚,常常把他作为娘家人看待,每逢节日,都要到九龙庙里拜祭。

此外,九龙庙沟附近的彭硇、安河等村庄,不仅把九爷当成自己的庇护神,更是把九爷当成家里人,每逢年节和庙会,都把祭拜九爷作为重头戏。安河村的杨姓人家,还认九爷为本家,每年二月初三安河村有庙会,前一天下午,村人全体出动,敲锣打鼓地到九龙沟迎接九爷到村里看会。

迎拜九爷到村后,众人还要抬着九爷的塑像压街净村、放烟火、唱大戏。全村十多家娱乐班子不管在哪里,届时都要赶回去。一时间,锣鼓

队、跑旱船、扭秧歌、器乐演奏等娱乐活动高潮迭起，比赛着各显其能。整个活动充满了神意，也充满了唯心主义。每当这个时候，在外的人都要回来，比过年还要隆重。年轻人争着抬九爷的龙驾，不仅沾龙气年年顺，更像是成人礼。人说，没抬过九龙就等于还没成人。

热闹一天，晚上的大街上还是灯火通明，人山人海，鼓乐声、礼炮声、喧闹声震耳欲聋。其过程蔚为壮观，堪称山村的一次集体狂欢。其中，唱戏、放焰火、戏曲演出等费用都是本村人自愿捐资，借此表示对九爷的尊重，为自己求个平安。

民间祭拜神灵，祈求平安富顺，其实是一种心理愿想，也是道教文化甚至巫术文化在民间至今仍有信仰基础的表现。往大里说，这是乡村的一种信仰传统，更是民众在漫长的苦难中寻求精神安慰的一种方式。将自身命运寄托于看不见之物，把人生一切交给高不可攀的所谓神灵，也是民众数千年来，因为自身生存艰难、羸弱，又在极权统治下，有冤屈无处申告的结果。另外，这也是农耕文明的重要组成部分及其在当下的余留，毕竟，祈求风调雨顺、健康平安、富贵通顺，是每一个俗世之人的基本要求。

青山有恨

南太行山怀抱里的王硇村,因为保留着明代古石楼而远近闻名,令人叹为观止。村南有座红枫山,长满了秋枫,深秋时节红叶满山,堪比北京香山。红枫山也叫南奶奶顶。供奉着玉皇大帝和众多神灵塑像。但在过去很长时间里,山顶上供奉着的是弥勒佛和观世音菩萨。人们登它,并不尽是慕古石楼而来,也不都是为了赏枫山红叶,更多的是担心香火不继而上山求子祈福。

有一则发生在近代的故事,不知真假,却让人发笑。附近一户人家,婚后妻子多年不育,丈夫登山求子,许给弥勒菩萨一台戏。应验,喜,却又心疼钱。但觉得,这个愿是无论如何要还的。便一个人上山,对着菩萨唱了一首《东方红》,口中还念念有词,说当时说送一台戏给你,可我也没说,一台戏要多少人唱,唱什么。这样也是可以吧!事后,此人正在沾沾自喜,儿子突患重病,性命难保。这人悲愤难耐,便上山责难弥勒佛。弥勒佛依旧张口大笑,仿佛在说:"看这个可笑之人,可笑之人啊。"等他回到家里,却见儿子已经起死回生,张着小嘴,仿佛也在笑他这个可笑之父。

初登红枫山,在一个中秋时节。但见道旁长着繁茂的荆丛和山椿、核桃、柿子树,核桃已经收获;柿子还青,挂在枝头,层层地藏在叶片后面,仰头仔细看才看得见柿子的身影;楸树的果实一串串如豆角般长,在枝头迎风摇摆着;梯田里玉米、谷子绿油油的,在蓝天白云下悠然自在地生长着;岭坡上的枫叶还没有红艳,只有满眼的青葱。

沿着旧有的石砌弯道,过牌坊,抚玉栏,进佛殿,拜弥勒,敬观音,每一处都没多停留、细品赏、虔祈祷,到殿后的峰顶岩边。西望,只见青山

丛叠,绿意葱茏,白云犹如神仙飘带;北望,山岭起伏,绵延不绝,千山叠嶂,万岭纵横;俯视,王硇村的全景尽收眼前,黛瓦红墙的群楼,错落有致;一条条弯曲小道,则如同大山的脉搏,或隐或现于谷底峰腰和岭端。

最能引发人遐想的,是稍偏东南方向。那是大安山,山上有一面长长的崖壁。壁上有很多微微突出的岩石,形态各异,如影如幻。岩石上下长满了绿草,隐隐约约,似乎是众多的罗汉,或站或坐,有的甚至是跳了起来。越仔细看,越发逼真。

猛然之间,一阵嗒嗒嗒声,犹如机关枪的声响一样轰然传来。顺声望去,只见我所在的山脚下,那面崖壁前的一座峰顶,植被被剥得精光,有一台破石机憋足了劲儿,正用力地锤击红白色的石块,旁边的装载机正将砸碎的石料装上大型货车。这场景,让人揪心的难受……崖壁正前方,便是绿树掩映着的秀美的村庄;而村庄后面的山上,蓝天下裸露出几处惨白,像一张张仰天长吼的嘴巴。一阵阵风来,仿佛能听到凄厉的哭喊声。

人说,那是被人开采过石英石后留下的残坑!

石英石是制造玻璃的主要原材料。有专家称,这种矿石资源多数都储存在山顶上薄薄的一层,正好像人的脑浆一样。很多人为了省钱省力,都会先将山顶上的树木砍掉,再揭去薄薄的一层山皮,光天化日之下,直接用采掘机开采石英石。这种开采办法,酷似人吃活猴脑般的残忍。从此,山顶上那层积淀了多年的土层,将一去难再有;植被恢复成原态几乎不再可能。

头些年,对南方有人生吃猴脑,还只是听说。眼前,人却在吃山脑,更好像是现场直播。只一看一想之间,便能感觉出青山那撕心裂肺般的惨痛。那一张张刺白之口,莫不是青山在向苍天喊痛?

500年前,山脚下王硇村的先祖,因押送贡品被劫而避难到这里。重峦叠嶂的山峰和浓密苍郁的树木,接纳了他们,保护他们自力更生、繁衍子孙。在抗战最艰苦的年代,这里的青山,再一次抵御了侵略者的炮火,保护了百姓。

多年前,山里的年轻人,曾经毅然决然地走出大山寻找幸福。与村子不离不弃的,是四周静静的山峰。突然有一天,不仅山里走出的人,还有很多山外人也涌了进来,青山等来的,不是儿女回家的温馨,而是刀枪般的铁器和机械的冰冷。一次次上演了比《劈棺惊梦》还要惨烈的悲剧。尽管,庄周妻子抡起斧头,冲到丈夫的棺材前狠劈,要取的也是死人的脑髓,为救的也是一个活着的"情人"。整件事说到底,也只是一个智者刻意的试探。但绿意葱茏的青山,在为利所迷的人面前,却没能像庄周那样,在斧头劈下的瞬间惊醒悔悟。

王砽村人的先祖,曾经劈山凿石,建造石楼。那时的青山也似乎受到了伤痛,但伤的只是表皮。风吹来高处的泥土,吹来远处花草树木的种子,来年一场春雨过后,又是绿意葱茏。就像一个人的皮肤之伤,尚能够自愈,而脑浆被攫取后的恶果:青山无语,世人皆知。

过去,菩萨的慈悲和佛祖的莞尔一笑,足以让一个求子的人感怀和醒悟。但如今,红枫山上巍峨雄伟的大雄宝殿里的玉皇大帝,也仅仅是一尊没有温度的雕塑。厚重的庙墙让他只能看到那些膜拜者的麻木背影,看不到天地间磨难生灵的煎熬。当北风裹领着青山的哭泣,得到的却还是充耳不闻般的冷漠。只有东山崖壁上愤怒的众多罗汉,在怒视"利大妄天"者的短视行径。此时的佛祖,不应该无奈,也不应该仅仅冷笑;更多的,是应该发出惊雷般的警言,让人们不要等地震、山体滑坡、泥石流等灾难降临后,才彻悟"天人合一,损益与共"这一大慈大悲的真谛……

青山有恨,抱愧红枫。

奶奶庙

我读书的小学校在村东南角上，一个四方院子。南、东、北三面是教室，西面是别人房子后墙。西南角有座送子奶奶庙。奶奶庙是个小瓦顶，从屋脊处被一堵砖墙分开，朝学校的那面开了一间房，作为老师的办公室。

当时，是一个漂亮的女教师住在那间屋子里。她姓靳，不远处下解村人，嫁了一个皮肤黑、粗拉、门牙外露，吐字不清的转业军人，姓郭。村里人唯一能理解的是，那个转业军人在公社当武装部长，工资能挣到六七十块钱，能顶一个壮劳力干半年。他过来多是晚上，再就是星期天，要是有学生在院子里玩，他就一直在屋子里面不出来。

我们听大人说女老师找了个丑男人，就希望能看看他到底丑成了啥样子。

村子西北是沙丘地带，村里人习惯叫沙疙瘩。从西边十里远的下解村过来，分别是西油村、大油村和我们的高店村，再向东南方向，四里开外是南高村。大人们说，那一带沙丘地，就像是一条龙卧在那里，护佑着咱们村。

沙丘上长满了荆棘、刺槐、榆树和栽种的杏树、梨树等。紧挨着沙丘，是一条联结着附近村庄，来往于公社间的土路。

下午放学后，我们几个小伙伴就藏到沙丘高处的荆丛里，还有的趴在棒子地里。见他过来，就很明显地看到了那张露着几颗白牙的黑脸。这时候，我们就跳起来，不约而同地使劲吼喊。可能是真的害怕了或者露怯了，他骑自行车的身子大幅度晃动起来。

有天雨后，路上有不少积水，他再次听到我们突如其来的喊声，身

子一晃，竟崴进路上的水洼里。害怕他恼羞成怒跑过来打我们，我们扭头就往庄稼地深处跑。

跑了好远，我们停下来后，并没有听到身后有响声，就掉头猫着身悄悄往回走，等到路边时，见他早走远了。这才长松了一口气，像打了一个胜仗似的大声笑起来。第二天在教室里，同学们都以见过女老师男人的长相而自豪。男孩子当着人都不愿跟女同学说，女同学放学后打扫卫生时有意多打扫一点，以此从男同学嘴里套话儿。女生也不好哄，多了一个心眼。主要是验明真假。因此，常有女生在星期天，偷偷躲在西面的房顶上，悄悄观看女老师的男人。因此，那个男人的长相便在村子里妇孺皆知了，有个好事的人，给人家起绰号叫"黑老郭"。

好像这还没有结束。

大人们说："这简直是一朵鲜花插在牛粪上。"我们也觉得是，就为女老师抱不平，好像她受了啥冤屈一样。有一次，我们几个男同学商量着要帮老师做点事情。

而我们能够想出来的，就是在路上做文章。

那条路只在上面垫了一层土，时间一长，有的地方就露出了下面的黄沙，只留下很窄的硬面。放学后，我们就爬过去，故意把路挖断，意思是让黑老郭骑着自行车没法过。

有个雨后的黄昏，西边的山顶收走了天边的最后一缕彩霞，小麻雀一群群朝村子飞去。我们先在学校打探到，黑老郭还没有回来，就跑到路上，在一段被水漫着的硬路面上挖了一个深坑儿。然后一齐躲在沙疙瘩后面，想看他栽倒坑里的样子。谁知道，这一次没有等到他，却看到一个同学的父亲骑着车子慢慢过来。我们担心，又不敢喊，只希望同学的父亲能绕过去。

结果同学的父亲还是栽进去了。

那个同学第二天说，他父亲的自行车前圈都扁了，扛着车子回的家，嘴里不住地骂是哪个人缺德，连祖爷奶奶都骂了。他吓得一句话也不敢说，生怕父亲看出来。

再后来,女老师的肚子一天天大了起来,我们还以为是被那个臭男人气的。更坚定了要摆治他的决心。挖坑儿不好使,就撒蒺藜。这次我们学聪明了,先有一个人到前面去观哨,等看到他骑车过来,再用手势告诉后边人开始撒。但是,这招也没怎么奏效,路上沙土多,车胎一过蒺藜就压下去了,对车胎毫发无损。

后来,我们还悄悄拔过黑老郭自行车的气门针,还往他放在墙角的夜壶里,丢了白灰和一只绑了双腿的小麻雀。

慢慢地,女老师知道了我们的恶作剧。

她丝毫不领情,批评我们说,要学会尊重大人。

我们气得鼻子都歪了。

又过了一些天,我们才知道老师的肚子不是给气大的,而是怀了小孩儿。我们就又开始为这个小孩生出来是不是也会又黑又丑担忧。

不久,老师生了个女孩儿,长得还挺白。村里有老人说,这是沾了她在奶奶庙里住的光,有奶奶保佑着。

奶奶到底是啥样子,我们始终没见过。那时破"四旧",奶奶庙的门是总锁着,门前还有一道围墙。晚上从前面过,头皮都有些发麻,不得不加快脚步。

我到新城读高中时,村里的小学校已经搬到了村北的沙疙瘩上面,原校址都成了房基地。奶奶庙却被保留了下来,门也打开了,界墙也没了。村里上岁数的人还自个掏钱,找工匠对奶奶庙重新进行了修葺,新塑了奶奶像。

一时间,庙里香火不断。每年三月初六,村里过庙会,一些老大娘老大爷还在庙里打扇鼓。

打扇鼓也是一种祭祀活动,即善男信女舞动扇子,随着鼓点扭动腰身,和扭秧歌有点相像。扇面缝着彩色布,柄端挂着一串小铁圈,也有铜质的。他们一边舞动,一边哼着好像祈福去灾一类的巫语,小铁圈不断碰撞,发出悦耳的"哗啦,哗啦,哗啦啦"声。

直到现在,每逢这时候,整个奶奶庙里香火缭绕,人影绰动。不觉间

我的眼前产生幻觉，仿佛我的那位漂亮的小学老师也在人群里面舞动着，甚至还鼓嘟着嘴，朝着我这个已近天命之年的小学生发笑。

她是在嗔怪我曾经的"抱打不平"吗？我听说，她的老伴黑老郭早就过世。

我心想：老师还好吗？一个人孤单吗？对，一定不会的，她有那么白的女儿，还有孙子们，应当过得很好的。

水流何处

　　有水流的地方,树木生长茂盛;有树林的地方,常会出现水流的身影。即使再性急的水流,遇到茂密的树丛林海时,总会忍住性情把脚步放缓。

　　水流在树林间的这一缓步, 保住了冀南太行山东麓沙河下游一个险地上的生灵。

　　险地北面紧挨大沙河的古河道和新河道,上游正对着大沙河老河口,东面是京广铁路横跨大沙河的 6 道跨孔。1963 年秋,太行山遭遇了一场百年不遇的暴雨,巨大的山洪,也冲毁了大沙河河堤,河岸附近村庄全部被淹。在政府和周边村都认为它已经从地图上消失时,险地上的一个高台,竟然匪夷所思地在洪水中屹立,在其上躲避的人,没有一个伤亡。

　　这块险地上坐落着一个村庄,名字叫高庙。高庙的幸存,不能不说是个奇迹。这个奇迹的出现,又与村西一带树林有着密切关系。

　　沙河古名湡水,发源于沙河市与山西左权交界的深山里。在漫长的历史长河中,沙河裹挟着太行山的泥沙,经过一次次的淤积,造成了东部的大平原。从遍布于冀南平原地下的河沙可知,沙河在脱离山岭的束缚后,河道多次变迁。从宋代迄今,沙河主河道是逐步由南向北迁徙的。邻县《永年志》载:"万历三十一年,漳、滏、沙河并溢,决堤横流。"大约此时,决堤横流的沙河水,东流南和与澧河相通,从此形成了南北两支。清乾隆年间修撰的《顺德府志》上说,沙河流经县界分为二支。随着时间的推移,北支流逐渐取代南支流成为沙河的主流。

　　大凡长期身处险境的人们,更具有防御险情的本领。高庙村所处的

特殊位置,使得一代代的高庙人具有很好的防洪意识。其中之一,就是高庙人历来有植树的传统。高庙村人懂得,高耸挺拔的稠密树林,就是长在河岸上的山岭,就是编织在平川上的坝墙,就是人们抵御洪峰的盾牌。现在村里中老年人还能回忆起那场大洪水的可怕场景。长辈也常常这样说:从前,他们村西,遍地树木,树林里面,几个人合抱的大树比比皆是。

正是这些粗大高壮的杨柳林,在洪水袭来时,用自身的力量,网罗住从了上游冲下来的树木、家具、柴草等杂物,形成阻水的墙和调水坝。使得巨大的洪水在高庙村西一次次受阻,一次次分流绕行。最终,奔腾咆哮的洪峰,不得不一分为二,绕开高庙村,沿着沙河古道和主河道急流而下,因而进村的水就变得缓慢。坚强的树林,在这里成了洪水的阻挡,凶猛的洪水也不得不偃旗息鼓绕道而行了。

大凡奇迹出现的地方,总会演绎出神奇的故事。高庙村的百姓在种树护林、固堤防洪的同时,也有不少人,把历次洪灾中的躲避处——村中央一座高出地面4米的黏土台和东延的一段土坡奉为神地。据传,曾有仙人过此,将土台喻为龙首,说龙首下藏有避水珠一颗,可护佑一方百姓。土台和土坡,是上天停放在这里的一条龙舟。一代一代的高庙人都固守这个传说,土台上建起一座佛爷庙,每年十月初一为庙会日,常年供奉,延续至今。

莫非,洪水也不敢冒犯佛爷庙?连咆哮的声音都压得低低的,悄悄绕行而去,是不是害怕打扰了佛爷?要不,该村也就不会有从古至今村中无一人因洪水溺水亡故的纪录!如此,能够在无情的洪水面前,屡屡得以幸免于难的高庙人,真是幸运的了!

据地质人员考证,土台土质与大沙河南北两岸较远处土质结构相同。这说明,从久远年代开始,高庙村并不比大沙河两岸任何一座村庄高。村子四周,也应该是土地平坦、树木繁茂、遮天蔽日、流水潺潺般的美好景象。从明清时留下的古庙院内松柏参天、古槐繁茂、绿竹成行、茶花飘香等有关文字当中,就可以感受到这一点。

后因洪水肆虐，大沙河不断滚道，河槽逐渐变宽。更重要的是，一代代一棵棵树木的坚挺，形成了洪水无法抗拒的阻力，最终在这里留下一处土台和一条土坡——高庙村的救命神舟。

村里一位经历了 1963 年那场洪灾的人在回忆文章中写道："是日凌晨 2 时许，奔腾的洪水，在受到村西堤堰、树木阻挡后，大的洪峰向村南河、村北二道河扑去，较缓的水流进了村里。"

奇迹和现实的契合，有力地证明了树林对抗御洪水的作用。对我们高庙村而言，广植树木，才是先人们为子孙所做的最大的佛事；身粗根壮、碧绿无垠的树林，才是先祖置下的避水宝珠！福祸有因，善恶必报。植树造林，实在是一件利在当代，功在千秋，惠及子孙的大好事、大善事。

如今，那座土台还挺立在村庄中央。只是一处三亩略微有余，一个大雄宝殿就占据了多半处，可谓真正意义上的庙台了。

水流何处？水流在人们的心上……

悲喜《桃花庵》

　　说到桃花庵,就容易让人想起女人。而且是一个人面桃花的女人,因了某个事端,便有了青灯古佛的独守和幽怨。唐伯虎的《桃花庵歌》当中,虽没有与美妙女子直接相关的词句,却把武陵豪杰也说得没他那般有花、有酒的日子,如神仙般快活。

　　戏曲《桃花庵》中,江南苏州虎丘山坡一株桃花后面的尼姑庵里,却有一个不安于寂寞的尼姑,因其和浪荡才子的情爱故事,错综复杂且充满意味地生发了一场让人啼笑皆非的悲、喜剧。我且叫它南《桃花庵》。这部戏曲的作者到底是谁,后人不得而知,兴许是能够叫做桃花庵的地方太多,这个名字,又极容易让人凭空臆想出一些不合常伦的情爱故事。

　　太行山南段也有一座桃花庵,这个桃花庵也有一个尼姑爱上才子的传说。除了结局不同,前面情形与南《桃花庵》如出一辙,且叫做北《桃花庵》也无妨。

　　北桃花庵,地处一个偏僻的古官道之山坡上。这里的桃树不是一株,而是众多,春来花开,灿如云霞。桃花庵南面山坡下,就是九龙庙沟,里面供着赫山九龙爷。传说这个九龙爷是古代西安一个举人,进京赶考路过当地,路遇一位老婆婆被儿媳虐待,当场气绝身亡后,旋即化作一条龙,飞到空中,抓了那个不孝儿媳。当地的百姓还说九龙爷很灵验,明朝皇帝还把他抬到北京祈雨。清时,九龙庙沟还被清高宗乾隆皇帝敕封为御祭神庙,九爷被封成了"护国灵侯"。这块牌匾现在还挂在庙门上。

　　现在的人,到九龙庙沟来,不可能只看一座庙,旁边山野中粉嫩的桃花,更会吸引有着花一样心怀的香客。

桃花庵便成了一个好去处。

凑巧的是，桃花庵北面所依靠的那座山，当地人也称作虎丘山，与南《桃花庵》的发生地名字完全相同。虎丘山北面，有一道河谷，水流不断。水边山脚下，是大渡口和小渡口村。现在，虎丘山下修了一座水库，先叫东石岭水库，后叫秦王湖。这湖，这山，这桃花，放到大地的任何一个地方，都可能成为演绎桃花庵故事的绝好场景。庵南对着的一座山岭叫迴马岭，是在警醒浪子及早勒马回头；庵的西边即九龙庙沟。庵是近代重修过的，和很多地方的尼姑庵一样，规模不大，样式也没多大差异，三五间瓦房正殿，五间平房安顿香客。

庵边碑文记载，这处桃花庵始建于清朝末年，清朝乾隆、光绪年间再建、续建。当时有佛堂三楹，平房四间，设茶棚一处以施舍行人。由此可见，在古时，桃花庵就是"山石奇幽，神泉长流，古树吐翠，桃花飘香"的一个好去处。因着九龙庙沟的香火，虽谈不上兴隆，也应该是人来不断。六月十三九龙沟庙会，道上行人众多，桃花庵更成了大家喝茶乘凉的好地方。

喝茶乘凉，最能产生故事，并把离奇幻化成真实。蒲松龄的《聊斋志异》，就是诞生在道旁凉棚里喝茶人的口舌上。

庵前几块古石碑都碎了，很多残片淹没在岁月的乱石下面。唯有一块大些的石碑残片，不肯蒙尘，像有一桩心事未了。残片上的字迹几乎都被风雨啃掉了，唯有"释妙常"几个字，还可辨认。这与南《桃花庵》里的那个尼姑妙禅只差一个字，莫非此妙常就是那个妙禅了？常也好，禅也罢，并不重要，重要的是这里发生的事情。

河北武安落子剧团，以妙常为人物造型，编排和演出了一曲北方《桃花庵》，已传唱了上百年，将这一故事演绎得深入人心。

北《桃花庵》中，曾发生这样一个凄美的爱情故事：明朝末年，沙河县兴固村一陈姓女子，因不满父母包办婚姻，愤而离家出走，只身来到桃花庵削发为尼，法号曰妙常。忽一日，一个名叫张名才的俊美书生，到九龙沟拜庙迷路，时天色已晚，便到桃花庵借宿。时值师傅外出云游，妙

常独自一人，婉拒不成，便让其住下来。谁知二人一见倾心，相见恨晚，引为知己，遂成交胚之好。

此故事中间部分，与南《桃花庵》故事情节几乎雷同，但最后，妙常看到与自己儿子十分相像的苏宝玉入庵进香后，本想当庵认子，却又想自己身在佛门，贸然认子，必被官府追究。个人获罪事小，影响孩子前程事大，所以强忍悲痛没有相认。苏宝玉走后，妙常忧思成疾，饭茶俱废，不久身亡，香消玉殒。

两个《桃花庵》，一南一北，结局竟有了天壤之别。一喜一悲，就像北方人和南方人的性格一样。这也应了江南多风流才子，燕赵多慷慨悲歌之士的古说法。太行山上的石头硬，山水也硬，冬天结厚厚的冰。妙常有让人同情的情感挫折，但你既然选择了逃遁，就不应该再动凡心。

其实好和不好，没有固定的标准。就戏曲而言，南《桃花庵》将被北《桃花庵》中不如意的部分演成了喜；北《桃花庵》终将认为不好的演成了悲。

郭进宴客说

《梦溪笔谈》卷九人事篇记载：宋代邢州刺史郭进在州北关内建房。新居落成，宴请宾客族人，他将建房的工匠安排在东屋，而将诸子安排在西屋，有人觉得不妥当，问郭进说："怎么诸子还不如工徒呢（旧时以东屋为正位，西屋为侧位）？"郭进看着工匠说："此造宅者。"又指着诸子说："此卖宅者，当然应该坐在造宅者之下也。"

郭进死后不久，那房屋果然被其子孙卖掉，买其房子的，即宋时沙河人陈荐。

郭进本不是沙河人，而是博野（今河北蠡县）人，生于公元922年，卒于979年，宋初将领，官至都部署。陈荐生于1016年，卒于1084年，与郭进相差近百岁。这个几十年后买郭进房子的，也有几个，而其中的陈荐，才是地地道道的沙河人。可见这个房屋，已经转过数道人手了，只不过是陈荐名气大，才被记载。

宋神宗时，陈荐拜天章阁待制，进知制诰、知谏院，召为宝文阁学士兼侍读，累进资政殿学士，即使在中国历史上，也算是一个人物。因此，才被《梦溪笔谈》的作者沈括注意到。

就《梦溪笔谈》中这则故事而言，在今河北沙河人当中并不陌生。诚待造房者，在冀南民间却是一个长久不变的习俗。

在封建时代，百姓建房艰难，比不得郭进，他的房子是皇帝赐建，自然不需要他个人受难。可对百姓来说，那可是一件天大的事。无论是土坯成墙，麦秸泥抹顶的岁月，还是砖石为墙，梁、檩、椽、箔、煤渣灰共熟石灰为顶的年代，乃至水泥砖墙，空心板进而钢筋水泥浇筑顶的今天。盖房，不仅是人生大事；房子，更是建筑匠人的用心和血汗的结晶。

穷苦年代,百姓建房很少,有几间旧房,破陋了修补一下,只要能安身立命,就算是不错的生活了。因为受经济条件限制,一般人家,几代人之间能盖得起新房,就是不错的生活了。即便是富户,也多在原址上拆旧翻新,再重新起屋造舍者也不多。

我个人对盖房子的记忆,是在生产队的时候。我们家也在那时候盖过房。新中国成立后的二三十年里,村里没有给任何人划过房基地。也许是政策,也许是家家都困难的原因,很多人家都挤在大院子里。

后来,随着人口增多,原有的房子实在挤不下了,村里才开了戒。

那时候,不管在县城还是乡下,个人建房,不像公家搞建设,有建筑队找上门来。谁家要盖房了,便找一个大工头,再找两三个帮手,一个工程技术人员就足够了。这样一来的话,盖房子的事儿就算搞定了。其他人盖房子也是如此,都是熟人相托,相互引荐。

因为家境不宽裕,盖房子,不仅愁材料,还愁盖房人吃的用的。除了木匠做门窗给工钱,做砖瓦活的人,基本上都是乡亲前来攒忙,甭管好赖,管吃饱就行。

往往,动工头几天,就要找二三十个小工。小工好找,不分男女,用的是力气。盖房起屋、红白事上找帮忙的人,除非平时有大的过不去,只要张嘴,多数不会落空。在乡亲们心目中,越是人生中的大事,如婚丧嫁娶和盖房起屋等,就不是你一个人或一家子能干的事儿,而是大家伙一起干的了。

动工后,房主更多的心思,就会放在如何让干活的人吃饱吃好上。生产队时期,小麦大都交了公粮,分到社员头上都是依照国家规定的口粮数按月算。以我们村为例,直到改革开放,即使最好的家境,存粮也没有超过五个月。

老家有"新女婿四顿饭"这么一个顺口溜,体现的是丈母娘对新姑爷的疼爱。另外一个一天吃四顿饭的,就是盖房子上房顶的时候。那时,用的是木头,不像现在普遍用空心板或水泥钢筋浇筑。都是上完梁檩椽后,铺上苇薄,再用麦秸泥着平,这叫上大泥。待大泥晾到能踩脚时候,

再上煤灰、砸碎的砖块与熟石灰一起掺和均匀的渣料，要集中一天的时间，用木棒、轧钩、端板把房顶打实了，再由好瓦工用铁抹子抹压出光影来，才算大功告成。

上房顶，不仅是个出力气的活，还是个赶紧的活儿。粘泥土和着长麦秸，撕撕拽拽很难和得柔润；渣子黏糊糊的，不好铲到铁锹上，往上扔的时候，时常粘在锹上。干一阵子下来，再壮的劳力也要气喘吁吁、挥汗如雨。

再大的房顶，也不能隔天再覆。因为，房顶的软硬程度不一样，隔日的话，会出现裂纹，漏雨。所以，上房顶披星戴月是经常的事，吃四顿饭也就在情理之中了。吃这第四顿饭，可不像新女婿再加个鸡蛋面，还得吃菜喝酒呢。

北方"桃花源"

　　冀南太行山里，有一个小小的峡沟村。这里山高谷深，进出需要穿过一个人工凿出的岩洞。过去数十年间，村里很多人都搬了出来，去的人很少。近年来，这个岩洞却又吸引起了诸多的目光和脚步。

　　我也是受到了那份吸引。

　　2012年孟夏时节，我和文友秦增群一块，从市区西上峡沟村，从洞外钻到了洞内，在新奇中领略和品味了那座山中村庄。秦增群是一位黑脸大汉，六十多岁的人，走起来头昂腰挺，沾了他平时热衷摄影和对当地文化考证的光，常年在沙河的沟沟坎坎里走。

　　当日，天晴无云，能够看得到东天上圆嘟嘟的太阳。但整个市区却被一片浓浓的雾霾笼罩。从市区乘车沿褡石公路西行，道路上多的是拉运矿砂和石料的大货车，轰隆声震耳欲聋，卷起的灰尘犹如黑云压顶，比城市的雾霾还严重。

　　进入了丘陵地带后，隐隐看到三三两两的山峦。山体是石灰岩构成，很早以前就开始采挖，做建筑用石子和石灰、水泥的原料。四十多年前，村里常能听到炸石块的轰隆炮声和腾起的白色烟瘴，现在，不少山头从此消失了，北掌村西边的两座山，已经被挖成了天坑。

　　过白塔，经柳泉，上到八亩扇的岗塬上，空气才见清亮。

　　从宋、明、清三代都有皇帝路过并题诗的御路村，折向西南行十余里，到五里碑、柴关后，就进入了山区。眼前多的是高高的山峰，像林地一样，一座连着一座。置身其中，顿觉安静了许多，天空也明显地敞亮起来。路边长满树木和花草。

可在路过一道水流时,看到的却不是清澈的溪流,而是柿黄色的浑浊。再行不过二三里地,就看到一家石英砂加工厂。转动的磨机发出闷雷般的轰鸣,一堆浅白色的石子,小山似地坐落在水道里。水色比先前更为浓浊。

秦增群看着远方的山岭,唏嘘长叹,沉甸甸地说:"它们正在遭罪呢。"

心有相通,只这个遭罪一出口,我就清楚他所说的遭罪所指。

其实,近十多年来,玻璃厂风起云涌,一座座烟囱拔地而起。每天都要鲸食几座堆积如山的石英砂。

石英砂来自石英石,石英石来自太行山。

想到这里,我不由得担心起峡沟里的青山了,它们现在是否还像桃花源那样安好?车子转过三个弯道,冲上一面长坡后,道路正前方便出现了一个黑乎乎的山洞。

我和秦增群向着石洞方向走。秦增群告诉我,1958 年,政府在此处修了峡沟水库,大坝挡住了进出村的去处,为解决行路难的问题,在水库北侧淹没线以上十米处的崖壁上,开凿出这条近 650 米的山洞,只能容得下马车经过。

我急不可耐,寻幽探宝似的一头就钻进洞里,一股沁人肺腑的凉爽之气迎面而来,我不由得打了几个激灵。洞里黑黑的,脚下的路也不知深浅,只能摸着石壁前行。秦增群说,小心点,不要着急,过一段就好了,还让我用耳朵听听感觉。前些天刚下过雨,顶板上的岩缝里有水珠滴下,疏密有致,落到底板上的水洼里,叮叮咚咚,像人弹奏古筝,音响清脆悦耳。

山洞弯弯曲曲,行不多远,前面弯道处就有了光亮。我以为是出洞口,不由加快了脚步。秦增群却说,那是通风透亮的天窗。来到近前,果然是。正前方是一面绿意葱茏的岩壁,突出的岩体和蓬生的灌木,都披着一层绿意。有的像动物,有的像陀佛。洞下面就是峡沟水库,水面像翡翠似玉般的光润柔美。

　　这样的天窗,平均每隔数十米就有一面,或圆,或方,或竖,或横,通风、透亮,大有天工开物之妙。遗憾不是下雨天,看不到天窗外的一幕幕水帘。但此时于清凉的大山之中穿行,听滴水发出的天籁之声,观山水映衬着的窗窗美景,这本身就是一种超凡脱俗的独特享受。

　　出洞,阳光如水洗般的亮丽,花草、树木、山石、崖壁、蓝天白云,都像乳汁中沐过般的清新。不见阡陌纵横,但见花草翠艳。平湖莹莹,倒影着入云高峰,叠嶂青峦。这里山静水安,甚至都感觉不到呼吸的力量,更看不见听不到车辆的繁闹。

　　进村的山道幽幽,九曲八弯,蒲公英、猪耳朵之类的小草、小花和高出路沿的枝叶簇拥着、舞动着,在迎接山外远来的客人。还有那高耸的岩峰,一个个突兀倒悬。直立的岩壁上,或清晰或朦胧的水痕、纹理、凸凹,以及石缝间生长出的荆枝草绿。远看,分明是一张张疏密有致、动静结合的水墨丹青。远处一柱柱峰顶上或蹲,或卧,或翘望,或站立的巨石,如狗、如虎、如熊、如人,令人浮想联翩。一时间,我又变成顽童,在山道上蹦跳着,一会儿摘一片树叶含在嘴里吹出吱吱的响声,一会儿掐一朵小黄花在空中旋转,一会儿为扑一只蝴蝶让荆尖扎得手生疼。

　　走到谷底,忽然峰开涧宽,一掌形盆地展现在眼前,和所有山沟里的村庄没有多少差异的峡沟村,就坐落在盆地一端的山脚下。秦增群说,这是一个最多时只有200多口人的山村,居民以王、高二姓居多,是明永乐年间从山西迁出的移民,迄今有600年的历史。由于地处偏僻,很少与外界往来,一直过着日出而作、日落而息的农耕生活,平静而神秘。1958年修水库时,这里的村民还向民工打听说,顺德府的日本鬼子走了没有。很有点儿"不知有汉,无论魏、晋"的桃源况味。

　　村后为绵延青山,正好将村庄拥在怀抱里。村中,除了一两户水泥砖墙外,墙和屋顶都是用石头和石板构筑的,远远望去层层叠叠,鳞次栉比。墙体上抹缝的白灰,在岁月的沧桑中,已经和石块融成了同样的颜色。街旁和宅院中,多的是高高的椿树、凤栾树和槐树,碧叶连荫,煞

是好看。

树叶在风中发出柔声，树下有几个扇芭蕉扇乘凉的老人，悠闲自在。一只老母鸡，正在一块长满杂草的空地上领着一群小鸡觅食，看到来人连头也不抬，倒是有几只凤尾赤冠的公鸡，跳到高处，咯咯咯、嘎嘎嘎地叫个不停。

一户人家门口，蹲卧着两个懒洋洋吐着长长舌头的灰犬，并不爬起来，只象征性地对陌生人叫了两声。进出的水泥道儿挨着村边的房屋，直修到村子的最后头。村边道下，是夹在两道山梁间较为平坦开阔的谷地。

河流并不宽，与村子或远或近弯曲着流到村前再到峡沟水库。水流两边的空地上，长满了楸树和其他杂树。村子和林地里的小鸟，一群群飞落。树枝上的小麻雀，人走近也不显得惊恐……一家的房顶上升起了袅袅炊烟，老人正从河边汲水而归。院墙外，灼灼桃花初燃，真有时光倒流回归到晋中元年的感觉。

恬然、安闲、清新，我们在村头的一个小农家乐前坐了下来。没有店面，就是一户石房人家。两个小低桌就放在街门前的一棵大树下面。菜很简单，家鸡产的蛋、河沟儿边种的瓜菜、一碗肉丝面。

饭后与一个老人闲聊，听到了一个极富情趣和神秘色彩的传说。

在进出村的路上，有一开阔平坦处，曾经有一座建于清初的庙宇，名叫黄岩寺。现在庙已不复存在，只剩下些烂砖头和瓦片子。上辈人说同治年间重修过，并被作为封峦寺的派出单位。

清初，黄岩寺住持妙登长老，要到渡口漆泉寺做佛事，临走时一再告诫弟子不要翻看存于经堂案上一本咒语秘籍，否则将大祸临头。主持走后，小和尚按捺不住好奇的心，手捧秘籍迫不及待地朗诵起来。霎时，狂风大作，黑云遮日，院内出现了一大群青面赤发、锯齿獠牙的妖魔鬼怪，并大声说："你催动咒语叫我们干什么?!"小和尚吓得六神无主，身如筛糠，情急之中随便说一句"到楼沟去嫁接柿树吧"。

过了些日子，人们发现楼沟遍地都是柿树，连荆条上都挂满了柿子。

还有一个更吓人的。是在同治年间，有个叫清碧的师傅带徒弟在黄岩寺修行。徒弟常到黄岩洞下面壁诵经，时间一长，就发现自己可以慢慢向上飞升了。徒弟认为自己快要得道成仙了，惊喜地把这个消息告诉了师傅。师傅觉得奇怪，就在远处悄悄盯着，发现洞中有一屋梁般粗细的巨蛇，正吐着血红芯子欲吃掉徒弟。师傅急忙念动咒语，用掌心雷把妖蛇劈死，保住了徒弟的命。

秦增群也说，楼沟沟上沟下，多的是柿树。晚秋，柿子熟了才好看。他曾多次到过那儿，还给我颇有诗意地描绘出看到的景象：柿黄累枝，红叶舞动，层林尽染。还说，楼沟主峰叫定晋岩，是战国时期赵国为真的能够战胜晋国的希望而命名的。山上有边墙、烽火台，并有一座庙宇，还有一条常年不竭的瀑布，从山顶倾泻到山下，很像仙境。

如此美景，如此故事，我坐下来就不想走了。秦增群几次催促后，才从村后边水泥道的尽头，踏着芳草萋萋的坡道，去到离村子更远的河谷，享受这天然的绿色氧吧。

舍得"东南缺"

　　王硇村拥有保存完整的古石楼群，其中"东南缺""伸缩巷"等建筑格局，为冀南乃至全国所罕见。整个王硇村西高东低呈坡状。街巷由石板铺就。走到该村中心地带，一道斜巷中的古建筑群立刻就会吸引住你的目光。这排民居石楼共5座，全部斜错而建，面向东南方向统一露出缺角。这5座石楼连成一排，每座石楼都有门和紧挨的院落相通。5座石楼露出缺角的角度、内门位置、高度以及宽度都非常相近。这就是俗话说的"有钱难买东南缺"。

　　蓝天白云下，石墙与石墙中间，沿着小街缓缓西上，路北有两家"门当户对"配饰齐全而秀美的门庭。我曾经专门写过《王硇看"门当户对"》介绍过。再往前走过一家门户，街道就向南拐了，直行去到的是村西的岗地。这时候，街道就变成弯曲的了。只见，东边是南北两道街间背靠筑房的人家，由于取向的不同，两家石墙中间像弯弓似的突了出来；而西边人家高高的石墙，则对应着弧状般地缩了回去，从而在外观上形成了一个很有美感的"伸缩巷"。

　　"伸缩巷"不足百米，其弯曲的墙壁，很容易让人想起北京天坛的回音壁。我不由地将耳朵贴在石墙上面大声呼喊，没有听到自己的回声，只有穿巷的细风，在一道道浅浅的石缝中，发出呢喃之声。仿佛有年迈的老人，用低缓磁性的嗓音，向性急的儿孙讲述老子"道可道"的奥秘。出"伸缩巷"石街漫步，在三岔口及每一个拐弯处你就可以看到，每每伸出的石墙角，地面上都会抹出近两米高的或平或半圆面，从而让街面在这里变得比别处宽了些许，更便于通行。在这里，"拐弯抹角"，一改词条上说话绕弯、不直截了当的比喻，而变成了一个"克己利人"的直观的诠释。

东南缺 （李自岐　摄影）

　　一次次走进和触摸王硇村那厚厚石墙上的
"东南缺""伸缩巷"和"拐弯抹角"处，都能感受
一种遥远的温度。"舍"与"得"始终是一种智慧
体现，也是人之常理、天地之因循。

　　据村里人说，该村有 500 年的历史，最早在此安身的，是曾经做过镇京总兵的王得才家。当年王得才护卫皇家贡品进京被劫，避难于王硇村。就石楼整体建筑来看，从门当户对的门楼配饰、黛瓦拱脊上的龙兽鸱吻、四合院以及一进三团院的建筑，足可以看出这个家族，即使落难在这个偏远的角落，其庭院建造也难改官宦习气。

　　古代人是最讲究"天圆地方"这一建筑风格的。你看无论是北京的四合院，还是昆明的老宅"一颗印"，都是方方正正。这就是漫长的封建政体，在人们的思想中牢固地印记了等级制度的森严，而方正建筑正好体现出了这种规矩、这种庄严的感觉。只有院内，才有小桥园亭、曲水流筋般柔线型的景观。

　　然而，王硇的石楼群中出现的门前缺、缩墙和抹角，都是与方正格调相悖的。审视王硇村古石楼的建筑和街道布局，就不难发现，这里的先人，其实更看重的，应该是防御功能。该村的古石楼，大多院院相连，户户相通，家家有楼，逢岔路口必有耳房，整个村庄俨然一座攻防兼备的没有城墙的城堡。与此同时，王硇村的东低西高坡状地形，决定了村里的先祖，在楼房建造的次序上，更多的是先从低处建起的。这时，再看东南缺的"缺"和伸缩巷的"缩"，都是出现在街巷的西边。这就很容易让人想到，"缺"和"缩"并不是美观上的必然，而是环境上的客观使然。这里，体现更多的是人们不计得失，对防御和脱险以及日常通行上更多的考虑。要不，为什么在抗战期间，沙河县抗日政府，邓小平、朱德、刘伯承等老一辈无产阶级革命家，都曾在这里有过坚守和战斗的经历？即使到了今天，来到这里，你还可以看到保存完好的抗日县政府、抗日独立营、抗日高小等旧址。

　　据说，王硇村的后人当中，不乏富商巨贾。而他们从全国各地往回运送赚来的金银财宝时，都是装在布袋里面用驴驮进家门。驴背上直挺的布袋，最不愿碰到的就是拐弯处墙角的碰绊。

　　不仅仅是活着的人。过去人们留街门口时，不能窄于棺材的宽度。同样，王硇人也给逝去的人留下了一条顺畅的通路。如今不少地方之所

以会出现一个个死胡同,除了地形的客观阻挡之外,恐怕更多的就是缘于一些人在盖房筑楼时,在地界上过分计较和讲究方正及大小上的得失吧。

弯弯的石巷里,石壁上麻雀的啁啾,是否在向人讲述着一个个古老的与街巷有关的故事?清代(康熙年间)文华殿大学士兼礼部尚书张英的老家人与邻居吴家在宅基的问题上发生了争执时,他通过一封家书"让他三尺又何妨"让自家人将垣墙拆让三尺。邻居一家人感动之下,也把围墙向后退三尺。从而空了一条六尺宽、几十丈长的村民们可以由此自由通过的巷子。有冀南古城邯郸的那个回车巷,战国时赵上卿蔺相如曾在这里为大将廉颇回车让路⋯⋯

还有⋯⋯

我的思绪又飞回到了"有钱难买东南缺"上。这句顺口溜,是当下不少人对这里缺角建筑格局的赞誉。甚至是借用巽卦,注入了招财进宝的注解。

其实,巽,八卦之一,代表风,古同"逊",意为谦让恭顺。而当下建筑学上,东南面还是最好的选择,不是有句"紫气东来"么?四合院是老北京建筑的一大特色,其典型布局是:正房坐北朝南,大门开在东南角。这样的建筑布局叫做"坎宅巽门",跟风水有关。封建社会选址建房,一般都按此布局,至今一些人家建房还在遵循这样的建筑模式。在五行八卦说中"坎"为北,所以坐北朝南的房子叫做"坎宅",而"巽"指东南方,所以东南方的门叫做"巽门"。东南方在五行八卦中为风,门开在东南则象征着"一帆风顺"。正因为人们有这样的信奉,才使得很多风水书都视住宅的东南缺角为憾,于是想方设法弥补,以保主家财源不竭,金钱流畅。所以说,假如条件许可,我想,那个镇京总兵及其后人,肯定不会刻意让"巽门"之处留缺。更让人质疑的是,"东南缺"只是王硇古石楼群中的个别。

正因为如此,一次次走进和触摸王硇村那厚厚石墙上的"东南缺""伸缩巷"和"拐弯抹角"处,都能感受一种遥远的温度。"舍"与"得"始终是一种智慧体现,也是人之常理、天地之因循。

身边的故事(代后记)

　　莫言说:"用嘴说出的话随风而散,用笔写出的话永不磨灭。"莫言也是将他听到的故事,写成了鸿篇巨制。我却只是将听到的故事用文字进行了复述,静心摩挲,小心翼翼地放置到一个透明的橱窗格子里。这些得之不易与失不再有的故事,我无比珍视,不愿再让它们随风吹散。这对于我和我的故乡,诚愿像台湾作家黄春明那样,让这种写作成为"我借以表达对这一小块土地感情的唯一方式"。

　　被誉为"抒情的人道主义者,中国最后一个纯粹的文人,最后一个士大夫"的汪曾祺老先生,在人物自述中曾说:"我所追求的不是深刻,而是和谐。"汪老的这句话,确实让我震惊。当我读了他的一篇篇散文作品后,渐渐感觉到,他说这样的话,是源于对世事的洞察和写作上的举重若轻。他那朴素、平淡的文字中散发出的无穷韵味,每每都让我醉而不知北了。我这个写作小生,却总向往高深,期望自己能够下笔泣鬼神。这便感觉到了什么是好高骛远、不切实际。

　　其实,我在屋内、院里和门外,每时每刻都能看到、触摸到那荡漾着岁月痕迹的旷野山冈,那越过历史长河,仍然在餐桌、案头飘香,让一代一代太行山人乐此不疲的,带着远古泥土味道的风情故事,就像是一坛坛陈年老酒,每一次打开都让我陶醉;似一颗颗尘封的珠宝,每一次擦亮都让我惊叹。我心里清楚,我打开和擦亮的,面对位于厚大博深的冀南大地上诸多静水流深的故事和民俗,充其量也只是沧海一粟。甚或,还有一些蜻蜓点水的浅显。但我却真诚地感念这片热土,是它给予我生命和理想的灵动与沉实,现实和历史的流长与亮光。

　　于是,我把目光和笔墨放置在故乡,不管斗转星移、沧海桑田,并一

直感怀于在这片土地上逝去的先祖，以及生生不息的人间各种人事及风景。对于那些散落在太行山连绵山冈河谷中的、有历史和神迹的地方，我一次次虔诚供拜和观瞻，目的是记叙现实，也是留存梦想。让后世之人，从中找到先民的历史和生活轨迹。

身边常有人说起，写东西是在为自己留名。我却没有这样的期望和负累。只觉得有这样的爱好，总比过庸碌人生、闲度时光要好。文学，使我在孤独时候，可以站在脚下的大地上，聆听和感受每一处都弥散的故事。几乎每一个故事都包含了深厚和温情的特质，替我舔舐伤痛和泪水，并且引领我避开刺荆，走向一条蔚蓝和宽阔之路。

记得非典时候，我在一个山村下乡，城里的家不能回，村外的地方不能去。我便从房东和村头老人那里听故事，从周围的山峰河流上找故事。在这片近乎孤岛的村落里，只以读书、写作和吃饭睡觉为主要内容的日子，实在是我人生的一大财富。此后，即使身在喧嚣市区，只要拿起笔，心里就有了类似风轻云白、山涧溪流前的清静。

在《散文中国·故乡的杯盏》出版之际，我要真诚地感谢文学泰斗李国文老先生，能够在耄耋之年为我的书籍作序。李先生认真阅读了我的文稿，并给予了很高评价，也对我今后的写作提出了谆谆忠告。这让我真切地感受到了老前辈对一个文学后生的关怀和奖掖，值得我用一生去珍惜。以前读李先生的书，书中那群委内瑞拉的盲人登山队员，深深地印刻在我的心底。他们在皑皑积雪的安第斯山间，艰难地行进，虽然还没有登上高峰，却坚守"山永远在"的信念，不空有期望，而是采取扎实的行动，缩短与安第斯山的距离。李先生用自己不辍的笔耕，践行先哲荀子"不积跬步，无以至千里；不积小流，无以成江河"这一实实在在的道理。

我还要真诚地感谢不曾谋面的河北省作家协会主席关仁山先生，他亲笔挥毫为我的这本散文集题词。我还得到过关仁山先生的一幅遒劲有力的"天高地厚"的书法作品。《散文百家》的王聚敏先生、《河北日报》的张继合先生、《西南军事文学》的杨献平先生，更没有间断对我的

写作给予帮助指导。这本集子里的不少篇章，都包含着他们的心血。

　　借此机会，要衷心感谢多年好友郝顺朝、杨英朝、王聚龙、侯爱国等先生，他们通过多种途径，给我提供素材，并在写作上给予关心照顾。感谢张月民、秦增群先生多次帮助修改文稿。愿大家一切和顺安康，吉祥如意。另外，还要说的是，本书中的作品有些还比较稚嫩，所记载实际人、事和物或有不够精确之处。诚望看到这本书的读者海涵并指正，以期得到进一步的提高。

2014 年 5 月 7 日